# SIMÓN BOLÍVAR POR KARL MARX

Karl Marx

# SIMÓN BOLÍVAR POR KARL MARX

Introdução
JOSÉ ARICÓ

Epílogo
MARCOS ROITMAN ROSENMANN
SARA MARTÍNEZ CUADRADO

Tradução
VERA RIBEIRO

martins
Martins Fontes

**Produção editorial**
*Eliane de Abreu Santoro*

**Preparação**
*Huendel Viana*

**Revisão**
*Maria Aparecida Salmeron*
*Dinarte Zorzanelli da Silva*

**Produção gráfica**
*Demétrio Zanin*

**Dados Internacionais de Catalogação na Publicação (CIP)**
**(Câmara Brasileira do Livro, SP, Brasil)**

Marx, Karl, 1818–1883.
Simón Bolívar por Karl Marx / tradutor Vera Ribeiro. – São Paulo : Martins, 2008. (Coleção Dialética)

Título original: Simón Bolívar.
Bibliografia.
ISBN 978-85-61635-00-8

1. América Latina – Política e governo 2. Bolívar, Simón, 1783–1830
3. Crítica marxista I. Título. II. Série.

08-04393 CDD-335.4

Índices para catálogo sistemático:
1. Bolivarismo : Crítica marxista 335.4


**Martins Editora Livraria Ltda.**
R. Prof. Laerte Ramos de Carvalho, 163
01325-030 São Paulo SP Brasil
Tel.: (11) 3116 0000
Fax: (11) 3115 1072
info@martinseditora.com.br
www.martinseditora.com.br

# Sumário

# Introdução
# O Bolívar de Marx*

*José Aricó*

Foi o acaso, sem dúvida, que levou Marx à redação de seu artigo sobre Bolívar. Contratado em 1857 por Charles Dana, diretor do *New York Daily Tribune*, para colaborar sobre temas de história militar, biografias e outros assuntos variados na *New American Cyclopaedia* que o editor vinha preparando, Marx dividiu o trabalho com Engels, e quis a sorte que lhe coubesse redigir o verbete sobre Bolívar. O resultado das leituras efetuadas para a redação desse verbete foi um sentimento tão acentuado de aversão pelo personagem, que ele não conseguiu deixar de dar um tom surpreendentemente preconceituoso a seu trabalho. Diante dos reparos lógicos feitos por Dana a um texto que se afastava da linguagem imparcial que caracterizava esse tipo de publicação, Marx admitiu, numa carta a Engels, que havia saído um pouco do tom enciclopedístico, mas que "seria ultrapassar os limites querer apresentar como Napoleão I o mais covarde, brutal e miserável dos canalhas. Bolívar é

* Publicado originalmente em José Aricó, *Marx y América Latina* (Lima, Cedep, 1980). (N. da T.)

o verdadeiro Soulouque’[1] E a comparação foi reveladora, porque foi precisamente ao nome do imperador haitiano que recorreram tanto Marx quanto Engels para ridicularizar Luís Napoleão III. O fato de Marx nunca ter reparado em Bolívar até então, e de, encarregado de escrever sobre ele, sentir-se impelido a elaborar uma extensa e inusitada diatribe, na qual o revolucionário latino-americano foi identificado, através de uma terceira pessoa, com uma figura tão repudiada por Marx como o imperador francês, evidencia com perfeita clareza que ele via em Bolívar um arremedo do bonapartismo, ou, melhor dizendo, um tipo de ditador bonapartista.

O artigo de Marx teve um destino estranho. Praticamente desconhecido até 1934, quando foi incluído na edição em russo das obras de Marx e Engels, foi redescoberto para os leitores de língua espanhola por Aníbal Ponce, que o publicou no primeiro número de sua revista *Dialéctica*, em março de 1936. De 1937 em diante, o artigo fez parte da recompilação de trabalhos de Marx e Engels sobre *A Revolução Espanhola*, embora sem nenhuma nota dos editores para comentar o texto ou justificar sua inclusão. Ainda em 1951, o dirigente comunista norte-americano William Foster citou-o favoravelmente em seu *Outline political history of the Americas*, o que era explicável em termos da aceitação acrítica não apenas dos textos de Marx, mas também das tendências historiográficas soviéticas. Convém lembrar que, durante um longo período (segundo os próprios

1 Carta de Marx a Engels (14 fev. 1858). Num texto de 7 de junho de 1883, Engels afirmou que “o rei negro Soulouque, do Haiti, [foi] o verdadeiro protótipo de Luís Napoleão III”.

historiadores soviéticos, até o limiar do XX Congresso do PCUS), as opiniões dos americanistas soviéticos, influenciados de forma decisiva por Vladímir Mikháilovitch Mirochévski e sua escola, coincidiram com a visão de Marx sobre Bolívar, tornando-a extensiva a uma caracterização negativa das guerras de independência latino-americanas. Enfatizando o limitado caráter nacional e popular do processo revolucionário que conduziu à constituição dos Estados independentes, viram nele apenas "um assunto próprio de um punhado de 'separatistas crioulos' que não contavam com o apoio das massas populares". O juízo formulado por Marx foi transposto inclusive para as demais personalidades do movimento de libertação e até para o próprio movimento. Quando essas posturas foram abandonadas, questionou-se também esse julgamento de Marx. Na segunda edição em russo das obras de Marx e Engels (1959), incluiu-se uma crítica severa às posições sustentadas no citado artigo, embora a explicação desses erros tenha se fundamentado nas insuficiências e na parcialidade das fontes utilizadas por Marx:

> Marx, como é natural, não possuía à sua disposição, naquela época, outras fontes senão as obras dos autores mencionados, cuja parcialidade era então pouco conhecida. Por conseguinte, era *inevitável* que Marx elaborasse uma *opinião unilateral* sobre a personalidade de Bolívar, como se reflete nesse ensaio. Essa ambição de poder pessoal, ampliada nas obras mencionadas, não pôde deixar de influir na atitude de Marx para com Bolívar. (grifos nossos)

Como vemos, os editores procuraram safar-se com elegância dessa questão árdua, esboçando uma resposta que, na realidade, em vez de solução, constituiu uma mera desculpa, porque a aceitação entusiástica, por parte de Marx, de uma informação nunca submetida à crítica – o que contradizia o estilo de trabalho que o caracterizava – mostrou claramente a presença de um preconceito político firmemente enraizado. A resposta dos editores, portanto, remete-nos novamente ao nó do problema a ser elucidado, pois devemos perguntar-nos até que ponto é verdade que Marx não dispunha de outras fontes além das mencionadas. E, se ficar demonstrado, como cremos ser possível, que Marx dispunha de outras fontes, favoráveis a seu biografado, a nova pergunta que se nos coloca é por que as deixou conscientemente de lado.

A aceitarmos os esclarecimentos prestados por Scaron em sua apresentação do texto de Marx, a biografia de Bolívar teria sido escrita numa época em que o julgamento inicialmente favorável ao Libertador, por parte das figuras mais importantes da cultura européia,

> dera lugar a uma aversão mais pontual do que geral. Os liberais repudiavam o centralismo e o autoritarismo de Bolívar; os republicanos detectavam receitas criptomonárquicas por trás dos esquemas de organização política propostos pelo Libertador; e os ideólogos da expansão européia – e esse nos parece ser o aspecto decisivo – intuíam com acerto, nos planos bolivarianos de união latino-americana, uma vontade de resistência àquela penetração.[2]

2 Pedro Scaron,"Marx, Karl y Engels, Friedrich: Materiales para la historia de América Latina", *Cuadernos de Pasado y Presente* (Buenos Aires, n. 30, 1975), p. 105.

Essa suposta mudança de avaliação é simplesmente recordada por Scaron como se fosse uma verdade de fato, quando, na realidade, há elementos para pensarmos que se trata apenas de uma opinião, muito provavelmente derivada de uma crença que não é menos questionável por ser ampla: a crença em que o capitalismo europeu, e fundamentalmente o inglês – que constituía em nossos países a nova potência, hegemônica na época –, opunha-se à união latino-americana e, portanto, aos projetos bolivarianos. O exemplo do Brasil mostra que a Inglaterra, pelo menos, não tinha motivo algum para temer a criação de unidades políticas mais vastas, capazes de manter a paz e a ordem internas, e, por isso mesmo, de oferecer mercados "seguros" para as exportações metropolitanas e, conseqüentemente, para os investimentos de capital. Isso explica por que o projeto de organização americana esboçado por Bolívar contou com a simpatia britânica[3]. Mais do que uma postura *de princípio* favorável à desagregação hispano-americana, no sentido de *dividir para imperar*, por medo da eventual capacidade de autonomia da união latino-americana, o que a Inglaterra temia era que uma união imposta à força, e portanto, sobre bases instáveis, acabasse por "anular os esforços para impor alguma ordem às unidades menores em que se havia organizado espontaneamente a América hispânica pós-revolucionária"[4].

Em oposição a essa tendência a descobrir na consciência européia da época uma aversão à figura de Bolívar, da

3 Tulio Halperín Donghi, *Historia contemporánea de América Latina* (Madri, Alianza, 1969), pp. 146-75.

4 Ibid., p. 156.

qual Marx teria sido preconceituosamente participante, são reveladoras as agudas observações feitas por Draper num artigo dedicado justamente a esse tema. Através da correspondência mantida por Marx e Engels, podemos reconstituir a maneira como ambos encararam a tarefa encomendada por Dana. Por exemplo, sabemos que, como era característico nele, Marx começou por consultar os artigos publicados sobre o assunto por outras enciclopédias da época, como a *Encyclopaedia Americana*, a *Encyclopaedia Britannica*, a *Penny Encyclopaedia*, a *Encyclopédie du* XIXe *siècle*, o *Dictionnaire de la Conversation*, o *Brockhaus Conservations-Lexikon* etc. Ao consultar os verbetes utilizados por Marx, Draper observou que, curiosamente, eles não apenas não criticavam Bolívar, como, ao contrário, eram abertamente favoráveis a ele, o que, por sua vez, explica o mal-estar de Dana. Por outro lado, uma das fontes incluídas como referência no final do trabalho de Marx, as *Memórias do General Miller*, apesar de censurar os projetos políticos bolivarianos, procurara manter uma postura imparcial frente ao Libertador, reconhecendo nele, entre outras coisas, os "imensos serviços" prestados à causa da independência. Scaron assinalou que o fato de Marx se haver inclinado para as opiniões de dois inimigos declarados de Bolívar, como eram Hippisley e Ducudray – e não para as idéias mais equilibradas de Miller – constitui uma prova de que "sua atitude da época para com o latino-americano era *anterior*, não posterior, à leitura das obras em que ele se baseou para redigir a biografia de Bolívar". Isso constitui mais um argumento a favor do que foi sustentado por Draper e do que tentamos demonstrar no presente trabalho. Marx escreveu sua diatribe não *seguindo* o julgamento de seus contemporâneos, mas *contrariando-o*. Escolheu, às vezes de forma arbitrária, argumentos e dados que serviam para avalizar suposições, desconhecendo outros que sua formação de "materialista histórico" o proibia de escolher, e tudo isso a serviço de uma postura nitidamente contrária a um personagem que ele se empenhou em identificar com o mais odiado de seus inimigos. Assim, devemos concordar com Draper em sua conclusão de que foi uma avaliação política que induziu Marx a interpretar Bolívar como autoritário e bonapartista, e a projetar sua hostilidade política, como costumava fazer, no conjunto das atividades e até na própria personalidade do Libertador, de quem ele zombou encarniçadamente ao longo de seu extenso ensaio. Concluindo, não foi pelo desconhecimento de dados imprescindíveis, nem por ter ao alcance das mãos apenas fontes tendenciosas, que a atitude pessoal e política de Marx foi tão violentamente antibolivariana, mas sim por sua discrepância radical com respeito à visão, às metas e aos atos antidemocráticos de Bolívar.

Se admitirmos, mesmo como hipótese de trabalho, que foram considerações *políticas* que levaram Marx à adoção de uma atitude tão preconceituosa em relação a Bolívar, e o que isso implicou de incompreensão sobre as características da América Latina e a natureza de seu movimento real, a questão agora será ver mais detidamente de que maneira, no próprio texto sobre Bolívar, afloram duas linhas de pensamento subjacentes às elaborações de Marx desde sua juventude. Estimuladas por sua avaliação política negativa do fenômeno latino-americano, surgem de forma encoberta ambas as linhas de pensamento de origem hegeliana, embora a primeira implique uma adesão modificada àquele pensamento, enquanto a segunda expressa o repúdio do hegelianismo nesse terreno. O raciocínio adotado é o que se vincula à idéia dos "povos sem história", enquanto o rejeitado refere-se ao papel do Estado como instância produtora da sociedade civil.

Permitam-nos retornar ao tema da anistoricidade de certos povos, a fim de procurar elucidar a partir de que aspecto ela pôde ser retomada por Marx. Convém recordar que a idéia de "povos sem história", em Hegel, não alude apenas a um caráter de falta de potência ou virilidade expansiva, porém a uma idéia mais radical e necessária de seu sistema: a da *racionalidade* do devir. Na medida em que o processo geral – e, dentro dele, o histórico humano – não é, em Hegel, um acontecimento externo, mas algo imanente ao desenvolvimento do real (o Espírito universal), um aspecto central do esforço teórico hegeliano mostra, precisamente, a interioridade, a necessidade e, *por conseguinte*, a racionalidade de todas as grandes figuras adotadas por esse desdobramento, ao longo de sua evolução. Todavia, como essa racionalidade é pensada do ponto de vista da totalidade, os povos com destino histórico serão aqueles que estiverem em condições de recuperar e, ao mesmo tempo, negar o conjunto das diversas figuras exibidas ao longo de uma história que esteja em condições de operar como continente sintetizador daquela herança. Daí a idéia de historicidade hegeliana implicar a negação da "positividade", ou, o que dá na mesma, a negação da *exterioridade* como reino da arbitrariedade, do absurdo e, definitivamente, da irracionalidade. Estes últimos elementos aparecem condicionando fortemente a leitura feita por Marx dos sucessos históricos protagonizados por Bolívar, descritos como uma soma de acasos e feitos gratuitos ou "positivos", isto é, contingentes, como quando Marx assinala que, em conseqüência das sucessivas derrotas derivadas da flagrante incapacidade militar de Bolívar, "seguiu-se uma deserção após outra, e tudo parecia resvalar para um completo descalabro. Nesse momento sumamente crucial, uma nova conjunção de *acontecimentos fortuitos* tornou a modificar o rumo da situação". Talvez sejam poucas as vezes em que, como nessa ocasião, é possível aplicar ao próprio Marx a crítica que ele fez, em outra oportunidade, a Victor Hugo, pela maneira de apresentar o golpe de Estado de seu odiado Luís Napoleão: "Quanto ao acontecimento em si, ele parece, em sua obra, um raio que houvesse caído de um céu sereno". Isso permite supor que a xenofilia recorrente em todo o texto de Marx sobre Bolívar se deva, fundamentalmente, a essa ubiquação da racionalidade nos representantes de tais "povos sem história", nos quais a inexistência factual de uma *luta de classes* impediria explicar a partir desta "as circunstâncias e as condições que permitiram a um personagem medíocre e grotesco representar o papel de herói". E podemos citar, a esse respeito, um novo parágrafo em que a contraposição é contundente e ilustrativa:

> Bolívar marchou para Pamplona, onde passou cerca de dois meses em *festejos e bailes*. [...] Com um tesouro de uns 2 milhões de dólares, obtidos dos habitantes de Nova Granada mediante contribuições *forçadas*, e dispondo de uma tropa de aproximadamente 9 mil homens, um terço dos quais compunha-se de ingleses, irlandeses, hanoverianos e outros *estrangeiros bem disciplinados* [...]. (grifos nossos)

Em síntese, pode-se afirmar que foi privilegiando o caráter arbitrário, absurdo e irracional do processo latino-americano – pela impossibilidade de visualizar nele a presença de uma luta de classes definidora de seu movimento real e, portanto, fundamentadora de sua sistematização lógico-histórica – que Marx se viu conduzido a trazer novamente à baila a idéia, sempre presente no fundo de seu pensamento, de "povos sem história". Só que não entendida de maneira abstrata, como se inclinam a pensar os que querem explicar tudo pelas crenças preconceituosamente eurocêntricas de Marx, mas como um círculo temático dentro do qual gira o fantasma da irracionalidade ou da positividade na história. Isso nos remete, é lógico, a algo que não pertence exclusivamente ao pensamento marxista, mas constitui a linha dominante do pensamento ocidental, do qual aquele é parte inseparável: a busca de uma legitimidade histórica dos processos sociais.

Mas, se é assim, vemo-nos obrigados a formular uma nova pergunta: por que Marx, que com tanta sutileza e profundidade procurou destrinçar outras conjunturas históricas sumamente complexas, para encontrar seu "núcleo radical", pôde perceber os sucessos bolivarianos – e, por extensão, o fenômeno da América Latina – como imersos num contexto francamente irracional? Podemos postular, com razões suficientes, que sobre essa forma hegelianizante de perceber o processo atuou o segundo princípio que assinalamos, qual seja, o da resistência de Marx a reconhecer no Estado uma capacidade de "produção" da sociedade civil e, por extensão, da própria nação. A "cegueira" teórica de Marx derivaria, portanto, do círculo vicioso em que seu pensamento acabou por se encerrar.

Recordemos que a concepção hegeliana da "dialética dos espíritos dos vários povos particulares" reconhecia em cada um deles a possibilidade de "satisfazer apenas uma vontade e executar apenas uma missão na ação total". No passado, não foi a todos os povos que coube essa tarefa, mas única e exclusivamente aos que, por suas disposições naturais e espirituais, estiveram em condições de criar um vigoroso sistema estatal, mediante o qual conseguiram impor-se sobre os demais. Segundo Hegel, "na existência de um povo, o objetivo essencial é ser um Estado e manter-se como tal: um povo sem formação política [...] não tem propriamente história; sem história existiam os povos antes da formação do Estado, e outros também existem hoje como nações selvagens". A partir dessa consideração, Hegel achava que um povo ao qual fosse indiferente possuir um Estado próprio deixaria rapidamente de ser um povo. Mas, como a América era para Hegel o continente do futuro, a *historicidade* potencial de seus povos estava em sua capacidade de se tornarem Estados, capacidade esta que, por ser deslocada para um futuro em que a relação entre o homem e o espaço geográfico teria de se modificar, deixava em aberto uma problemática que escapava como tal à filosofia, mas não necessariamente à política. Isso porque, se deixarmos de lado o ponto de vista da "filosofia da história universal" a partir do qual Hegel analisava a América e retomarmos sua concepção do Estado como "produtor" da sociedade civil e da nação, teremos de admitir que tal concepção tinha a imensa virtude de preservar "a riqueza das inter-relações que unem a política ao político-institucional, os sujeitos sociais à esfera estatal, com suas múltiplas articulações e sua complexa dimensão de 'legitimação'"[5]. E isso é precisamente o que o pensamento marxista tende a perder de vista ao fazer uma projeção elíptica da imanência setorial do "econômico" na totalidade das relações sociais e de sua história como transformação permanente. O repúdio da concepção hegeliana do Estado teve em Marx o efeito contraditório de obscurecer sua visão de um processo caracterizado por uma relação *assimétrica* entre economia e política, de tal modo que, não podendo individualizar o "núcleo radical" fundador do processo – a "lei de movimento" da sociedade –, ele reduziu a "política" ao puro arbítrio, sem conseguir compreender que era precisamente nessa instância que o processo de construção estatal tendia a se consolidar. Recordemos que a negação do Estado como centro produtor da sociedade civil é um princípio constitu-

5 Giacomo Marramao, "Lo político y sus transformaciones", *Cuadernos de Pasado y Presente* (Buenos Aires, n. 95, 1982), p. 25.

tivo do pensamento de Marx. Não foi à toa que sua *Crítica à filosofia hegeliana do direito* iniciou-se, na prática, pelo questionamento do parágrafo 262 da *Filosofia do direito* de Hegel, ou seja, exatamente ali onde se afirma a produção da sociedade civil – ou, dito de outra maneira, da "economia" – pelo Estado, isto é, pela "política". Hegel afirma nesse texto que a "idéia efetivamente real – o espírito – divide-se nas duas esferas ideais de seu conceito, a família e a sociedade civil [...]. Assim, distribui nessas esferas o material de sua realidade finita". Mais explicitamente, no parágrafo 263, ele utiliza a metáfora do sistema nervoso central para equipará-lo ao Estado, e esclarece definitivamente que este exige, como momentos que lhe são internos, o desenvolvimento da família e da sociedade civil, mesmo nos casos em que estas duas últimas esferas só podem tornar-se "efetivamente reais" quando são enquadradas no plano estatal, ou seja, quando "as leis que as governam são as instituições da racionalidade que aparecem nelas".

Mas, em que consiste, em termos institucionais, o Estado hegeliano? Basta citar a descrição feita por Eric Weil para perceber o quanto se aproximava dele o projeto bolivariano de um novo Estado a formar. "Esse Estado", diz Weil, "é uma monarquia constitucional, fortemente centralizada em sua administração e descentralizada quanto aos interesses econômicos, com um corpo de funcionários profissionais, sem religião de Estado, o qual é absolutamente soberano, tanto no exterior quanto no interior". Tal descrição coincide com a feita por Marx em sua conhecida referência crítica ao Estado francês, incluída em *O 18 Brumário*:

> Esse poder executivo, com uma imensa organização burocrática e militar, com sua máquina estatal complexa e artificiosa, um exército de funcionários que soma meio milhão de homens, acrescido a um exército com outro meio milhão de homens, esse espantoso organismo parasitário, que cinge como uma rede o corpo da sociedade francesa e lhe tampa todos os poros, surgiu na época da monarquia absoluta, da decadência do regime feudal, que o citado organismo contribuiu para acelerar [...]. Napoleão aperfeiçoou essa máquina do Estado [...]. Todas as revoluções aperfeiçoaram essa máquina, em vez de destroçá-la.

Mas essa réplica do Estado hegeliano que Marx viu reproduzir-se de maneira agudizada na situação de "autonomização do executivo", característica do Segundo Império, não era senão uma expressão linear de uma relação de força já previamente consolidada dentro da esfera econômico-produtiva. Sem a presença claramente delimitável dessa esfera, sua existência era uma *forma* falsa, pura arbitrariedade e autoritarismo.

A partir de todas essas considerações, não é difícil imaginar por que o Bolívar construído por Marx tinha que ser o herdeiro arbitrário e despótico da tradição político-estatal contra a qual Marx sempre havia lutado, por uma dupla perspectiva teórica e política. *Teórica* porque a própria constituição de seu pensamento se realizou contra o sistema de Hegel, mas não contra uma parte qualquer desse sistema, e sim em oposição a sua teoria *política*. Assim, em parte ainda compartilhando o clima do Hegel da juventude, mas em parte ultrapassando-o, na medida em que sua crítica não se limitava ao campo da alienação religiosa, o jovem Marx desembocou na crítica à política como instância autonomizada da sociedade civil. Mais adiante, a crítica à política seria uma emanação direta da crítica à economia política, e acabariam finalmente excluídas do sistema marxista uma teoria e uma análise positiva das formas institucionais e das funções dos políticos. A recusa reiterada a dotar a esfera estatal de uma eficácia própria derivaria, portanto, não do estado "incompleto" em que ficou o sistema global de Marx por ocasião de sua morte, mas das conseqüências inevitáveis de sua própria modalidade de constituição. Para Marx, reconhecer o momento político em sua autonomia implicava retroceder a uma problemática "pré-feuerbachiana", ou seja, já superada. O privilégio do caráter "político" de certas situações, que não deixaria de percorrer o pensamento de Marx, pertenceria, antes, aos "pontos de fuga" do sistema, em vez de ser um elemento necessariamente dedutível do sistema em si.

Em conseqüência disso, é natural que sociedades como as latino-americanas, nas quais o peso da constituição da sociedade civil "de cima para baixo" era tão notável, tivessem que inaugurar uma zona de sombra dentro da reflexão marxista. Assim se explica a ênfase depositada por Marx, em seu texto sobre Bolívar, na incapacidade congênita do "Estado bolivariano" de ordenar hegelianamente o mundo da sociedade civil:

> Entretanto, como a maioria de seus compatriotas, ele era avesso a qualquer esforço prolongado, e sua ditadura

> não tardou a degenerar numa anarquia militar, na qual os assuntos mais importantes eram deixados nas mãos de favoritos que arruinavam as finanças públicas e depois recorriam a meios odiosos para reorganizá-las.

Essa oposição teórica, por sua vez, foi sobredeterminada pelo *tipo* de Estado proposto por Hegel e *realizado* após o fracasso da revolução de 1848 na Europa. A identificação de Bolívar com Soulouque, que, por sua vez, tinha sido comparado a Napoleão III, não foi casual, uma vez que este último era uma espécie de encarnação sintetizadora da oposição teórica de Marx ao conceito estatal hegeliano e de sua oposição política ao bonapartismo. De modo algum Marx poderia aceitar a legitimidade de um sistema político baseado na presença onímoda de um ditador, nem admitir o princípio hegeliano no qual ele parecia basear-se: "O povo", diz Hegel na *Filosofia do direito*, "tomado sem seus monarcas e sem a articulação do todo que se vincula com eles, necessária e imediatamente, é uma massa carente de forma, que ainda não constitui um Estado e à qual não corresponde nenhuma das determinações que existem unicamente num todo *formado* e organizado: soberania, governo, tribunais, autoridades, classes etc.". Marx tampouco podia admitir as referências positivas feitas por Hegel à classe militar, como "classe da universalidade". Obviamente, era difícil elas se compatibilizarem com um corpo de pensamento que, como o marxista, situava a densidade econômico-social como instância fundadora da história, e a centralidade da classe como sujeito desta.

A desqualificação de Bolívar implicou um risco que Marx foi incapaz de eludir, e do qual nunca teve plena consciência: a incompreensão do movimento em seu conjunto. Não foi à toa que, deixando-se levar por seu ódio ao autoritarismo bolivariano, concebido como uma ditadura "educativa", coercitivamente imposta a massas que não pareciam estar maduras para uma sociedade democrática, Marx deixou de levar em conta o que seu próprio método o impelia a buscar em outros fenômenos sociais que ele analisou: a dinâmica real das lutas de classes ou das forças atuantes. Assim, é surpreendente que ele não tenha prestado atenção alguma às referências concernentes à atitude dos diferentes setores sociais latino-americanos para com a guerra de independência; às rebeliões camponesas ou rurais contra as elites crioulas que dirigiam a revolução; à debilidade do apoio político às referidas elites entre os setores populares da população, mais particularmente entre os negros e os índios, que tendiam a defender a causa dos espanhóis; ao alcance da abolição do *pongo* e da *mita*; à característica distinta das guerras de independência entre o sul, onde as elites urbanas tinham conseguido manter o controle do processo, evitando o perigo de um confronto aberto entre pobres e ricos, e o México, onde a revolução começou como uma revolta generalizada de camponeses e índios; e, por fim, ao profundo temor que paralisava a classe dirigente, diante da possibilidade de um processo que reproduzisse os acontecimentos da sublevação indígena de Túpac Amaru ou da rebelião negra no Haiti. Entre a desagregação política e social e a vontade revolucionária de impor uma ordem que pudesse assegurar a liberdade dos indivíduos, entre a necessidade de destruir a antiga ordem colonial e o medo de com isso abrir caminho para a revolta incontrolável das massas, o projeto bolivariano não se esgotou no bonapartismo nem em seu autoritarismo. Frente às diversas opções em que se fragmentava o movimento independentista, ante a heterogeneidade inabarcável da realidade continental, Bolívar se esforçou por levar a cabo um projeto que, dada a crescente hostilidade para com o radicalismo político que dominava as elites governantes latino-americanas a partir de 1815, implantasse um sistema baseado num poder central de tal natureza que viesse a desempenhar, na nova situação, o mesmo papel desempenhado pelo aparato administrativo, eclesiástico e militar da coroa espanhola. Em certo sentido, Bolívar tentou repetir na América espanhola o que a monarquia portuguesa tinha conseguido fazer no Brasil.

Tal projeto se baseava em duas grandes idéias-força, compartilhadas por um importante grupo que teve em Bolívar seu expoente mais intrépido e constante, dois princípios fundamentais para a constituição de um Estado moderno, nos quais, surpreendentemente, Marx não reparou, embora eles estivessem na base de seu pensamento sobre as condições que deveriam ser reunidas para a existência de Estados "modernos". A primeira dessas idéias-força apontava para a formação de uma nacionalidade geograficamente extensa, capaz de defender e promover o progresso econômico posterior não apenas diante da Espanha, mas também das demais grandes potências européias.

A segunda lutava pelo estabelecimento da ordem política e social, com o propósito de que a anarquia emergente da natureza própria do processo independentista não acabasse por invalidar o progresso econômico, e por submeter os povos a uma tirania ainda mais arbitrária e despótica do que aquela contra a qual se levantara a revolução[6].

Por volta do final da primeira década revolucionária, questionada a credibilidade das soluções monárquicas sonhadas pelos patriotas, quando eles foram atropelados pelo torvelinho da desagregação e da desordem, a única possibilidade de organização "nacional" – que, àquela altura, continuava a ser contemplada por uma perspectiva continental – residia na imposição de um poder fortemente centralizado, baseado na presença de uma ordem constitucional aceita pelas elites governantes locais, e capaz de assegurar uma representação legitimada e segura a cada uma das forças sociais em luta. O virtuosismo republicano dos dirigentes garantiria que o sistema não resvalasse para as formas opressivas da liberdade cidadã que a independência se propusera destruir. Só uma união semelhan-

6 É verdadeiramente sugestivo que Marx não tenha reparado na proposta bolivariana de uma grande nação andina, capaz de unificar as diversas regiões numa estrutura política única, com um poder fortemente centralizado, quando é notório que sua reflexão sobre esse problema era dominada pela idéia da dimensão geográfica como condicionadora da possibilidade de existência dos Estados. Embora sua concepção do problema nacional tenha se matizado com o correr dos anos, sobreviveram nela alguns elementos, um dos quais era precisamente a idéia de que as nações pequenas não eram capazes de estabelecer com eficácia uma existência política independente, em condições modernas. Inimigo de todos os separatismos e de qualquer tipo de particularismo, Marx sentia-se fortemente inclinado a reconhecer a legalidade própria da luta nacional dos grandes países, mas, no caso concreto da Grande Colômbia, tornou a deixar de lado o problema da luta bolivariana para impedir a balcanização da América, e considerou apenas suas veleidades imperialistas.

te poderia conseguir captar, sem para isso precisar cair em outra forma de sujeição, o apoio decisivo do capital britânico, com o qual se contava, de forma imprescindível, para a recuperação econômica de um continente arruinado pelas guerras.

Como tantas vezes se assinalou, o fato de esse projeto ter sido derrotado não significa, por si só, que ele teria sido utópico, que não expressaria forças sociais existentes na realidade continental. Os planos de Bolívar não fracassaram simplesmente por ele não contar com uma classe social poderosa que os fizesse seus, mas porque, não existindo essa classe, as forças sociais que se aglutinavam em torno do projeto bolivariano, e que deveriam ter "substituído" a ausência dela, careciam de suficiente vontade revolucionária para fazer o processo avançar até um ponto em que um possível retorno à situação anterior se revelasse impossível. Em outras palavras, ele se tornou irrealizável pela própria debilidade das forças que deveriam encarná-lo, assim como pelo profundo temor que elas sentiam da violência destrutiva das massas populares. A lembrança traumatizante das rebeliões da época colonial, a reação conservadora e realista provocada na elite crioula pela presença ameaçadora de massas "dispostas a ser agitadas por qualquer demagogo e lançadas contra os centros da ordem, da cultura e das finanças", tudo isso corroeu o débil jacobinismo que caracterizou até mesmo os representantes mais radicalizados do movimento revolucionário. A perspectiva de fazer a vitória da nova ordem revolucionária depender da mobilização popular era temida "não só pelos indivíduos de mentalidade conservadora, mas também por muitos de formação liberal, como Bolívar, que viam que a massa popular tinha mais capacidade destrutiva do que construtiva"[7]. Mas, se eram essas as alternativas complexas e perigosas que se erguiam diante do movimento de independência, a *forma* bonapartista e autoritária do projeto bolivariano não expressava, como entendeu Marx, as características pessoais de um indivíduo, e sim a debilidade de um grupo social avançado que, num contexto continental e mundial cujo traço característico era a ascensão da contra-revolução, só podia projetar a construção de uma grande nação moderna a partir da presença de um Estado forte, legitimado por um estamento profissional e intelectual que, por suas próprias virtudes, fosse capaz de conformar uma opinião pública favorável ao sistema, e por um exército disposto a sufocar a subversividade constante das massas populares. Por aí podemos afirmar que, traindo o que constituía a essência de sua maneira de analisar os processos sociais, Marx substantivou na pessoa de Bolívar aquilo que de fato se negou a analisar na realidade latino-americana: as forças sociais que provocaram sua ascensão e sua decadência. Dessa forma idealista, o "movimento real" foi substituído pelas desventuras de um falso herói.

Marx pôde abrir-se à compreensão dos fenômenos sociais do mundo europeu porque somou a um conhecimento totalizador da dinâmica do capitalismo mundial a determinação não preconceituosa de novos suportes so-

7 Torcuato di Tella, "El laberinto bolivariano", *Desarrollo económico* (Buenos Aires, n. 30-31, v. 8, jul./dez. 1968).

ciais dos processos de transformação. Ao analisar países como Irlanda, Espanha, Rússia ou Turquia, sempre descobriu neles a presença desses suportes, aos quais atribuiu uma vitalidade própria de tal magnitude que era capaz de gerar uma revolução plebéia, popular, revolucionadora do conjunto da sociedade, como foi a Revolução Francesa. Para dizê-lo de outra maneira, Marx encontrou em cada um deles os germes de um novo "1789". Foi precisamente isso que não pôde vislumbrar na América Latina. A ausência de vontade "nacional e popular", característica das elites crioulas que conduziram o processo independentista, estabeleceu um limite de "visibilidade" do processo que Marx não conseguiu superar, e o qual resolveu, paradoxalmente, através de um mecanismo de negação. A debilidade das elites políticas e sociais latino-americanas e a ausência até mesmo incipiente de uma presença autônoma das massas populares estavam fadadas a conduzi-lo – e de fato o conduziram – a negar qualquer tipo de legitimidade própria num processo social que ele viu apenas em seus componentes de arbitrariedade e autoritarismo. Do ponto de vista moral, Marx poderia justificá-lo e até defendê-lo, mas, tanto teórica quanto politicamente, negou-lhe qualquer grau de criatividade histórica. Quando, em virtude de circunstâncias muito especiais, teve que analisar uma figura histórica excepcional, perpassada pela multiplicidade de determinações do contraditório processo latino-americano, recusou-se a aplicar sua formidável capacidade de análise ao exame de uma revolução dramaticamente colocada na situação de se realizar "de cima para baixo".

A partir de todos os elementos que procuramos incorporar numa análise que, nas circunstâncias atuais, mais aspira a ser uma perspectiva de busca do que uma tentativa de resolução, podemos problematizar melhor a oclusão de uma realidade que, durante décadas, caracterizou a história do movimento socialista. A singularidade latino-americana não pôde ser compreendida por esse movimento, não tanto pelo "eurocentrismo" deste, mas pelas peculiaridades daquela. A condição não periférica nem central dos Estados nacionais do continente, o fato de ela ter sido produto de um processo que poderíamos definir, em termos gramscianos, de revolução "passiva", o caráter essencialmente *estatal* de suas formações nacionais e o isolamento precoce ou a destruição desses processos, tingidos por uma forte presença da mobilização de massas, todos esses são elementos que contribuíram para fazer da América Latina um continente alheio à clássica dicotomia entre Europa e Ásia que perpassa a consciência intelectual européia desde o Iluminismo até nossos dias.

É por tudo isso que se revela pobre, limitado e falso atribuir ao suposto "eurocentrismo" marxista a evitação paradoxal da realidade latino-americana. A presença obscurecedora dos fenômenos de populismo que caracterizam a história de nossos países no século XX chegou, curiosamente, a identificar o eurocentrismo com a resistência a qualquer forma de bonapartismo ou de autoritarismo. O resultado foi uma fragmentação cada vez mais acentuada do pensamento de esquerda, dividido entre uma aceitação do autoritarismo, como custo ineludível de todo processo de democratização das massas, e um liberalismo aristocratizante, como única defesa possível do projeto de uma sociedade futura, mesmo ao preço de alienar o apoio das massas. Aceitar a qualificação de "eurocêntrica" com que se pretende explicar a oclusão marxista implica, de fato, questionar o filão democrático, nacional e popular que constitui uma parte inseparável do pensamento de Marx. Se é inegável que o processo de constituição das nações latino-americanas se deu, em grande parte, às escuras e contra a vontade das massas populares, questionar a idéia, cara a algumas pessoas, da "progressividade" *in nuce* do desenvolvimento das forças produtivas e das formações estatais significa, de fato, reencontrar-se com esse filão democrático e popular do marxismo. Equivale a introduzir um novo ponto de partida, uma nova perspectiva dos processos históricos "de baixo para cima", processos nos quais a consideração das massas populares, de seus movimentos de constituição e fragmentação, de suas formas expressivas, de suas vinculações com as elites intelectuais ou políticas, de sua homogeneidade interna, de seus mitos e valores e de seu grau de subordinação ou de autonomia deveria ser reivindicada como o único e verdadeiro critério marxista. Só assim, talvez, seria possível evitar a oscilação permanente entre "objetivismo" e "subjetivismo" em que até hoje se debatem a historiografia e a teoria política marxistas, incapazes de dar conta do novo, por continuarem presas ao velho. Daí o fato de que problematizar as razões da resistência de Marx a incorporar em seu pensamento a realidade do tornar-se Estado das formações sociais latino-americanas não é um mero problema historiográfico, nem um exercício vazio de "marxologia", porém mais uma das múltiplas formas que o marxismo pode e deve adotar para questionar a si mesmo. Ao rechaçar o critério do *europeísmo* de Marx como princípio explicativo válido para dar conta de sua oclusão paradoxal, devemos enveredar por caminhos não transitados, que sua genialidade abriu pela primeira vez, mas que a conversão de suas idéias em sistemas sepultou sob requintados procedimentos hermenêuticos. A crise de um saber que tentou ser simultaneamente completo e auto-suficiente nos permite recuperar, hoje em dia, essas verdadeiras "veredas perdidas" do pensamento de Marx. E estas, de um modo ou de outro, têm o efeito contraditório de nos mostrar os limites da validade de seu método, ao mesmo tempo que trazem para a superfície filões de pensamento ocultos durante anos na tradição socialista. Questionando uma tradição interpretativa, chegamos a roçar certos núcleos problemáticos nos quais os pontos de fuga do sistema marxista parecem oferecer maiores possibilidades de dar continuidade a uma linha de busca mais apegada ao espírito de Marx. E, desse modo, o resultado obtido, embora talvez se baseie exageradamente mais no não dito do que no explicitamente afirmado por Marx, poderá contribuir, em parte, para restabelecermos a heterodoxia de um pensamento que um movimento histórico de extraordinária magnitude, como foi o socialista, insistiu em ver apenas pela vertente de uma verdade incontrovertível.

**México, 12 de março de 1980.**

# Bolívar y Ponte

*Karl Marx*

Bolívar y Ponte, Simón, o "libertador" da Colômbia, nasceu em Caracas, em 24 de julho de 1783, e faleceu em San Pedro, perto de Santa Martha, em 17 de dezembro de 1830. Era filho de uma das famílias mantuanas que, no período da supremacia espanhola, constituíam a nobreza crioula da Venezuela. Em consonância com o costume dos americanos ricos da época, ele foi mandado para a Europa aos quatorze anos de idade. Da Espanha, seguiu para a França e residiu em Paris por alguns anos. Em 1802, casou-se em Madri e retornou à Venezuela, onde sua esposa morreu subitamente de febre amarela. Depois disso, ele visitou a Europa pela segunda vez e esteve presente na coroação de Napoleão como imperador, em 1804, e em sua assunção da coroa de ferro da Lombardia, em 1805. Em 1809, voltou para casa e, apesar da importunação de José Félix Ribas, seu primo, recusou-se a participar da revolução que eclodiu em Caracas em 19 de abril de 1810; depois do acontecimento, entretanto, aceitou uma missão em Londres para comprar armas e solicitar a proteção do governo britânico.

Aparentemente bem recebido pelo marquês de Wellesley, então ministro das Relações Exteriores, não conseguiu nada além da liberdade de exportar armas em troca de dinheiro vivo, com o pagamento de impostos pesados. Ao retornar de Londres, Bolívar tornou a se recolher a sua vida privada, até que, em setembro de 1811, foi convencido pelo general Miranda, então comandante supremo das forças insurgentes terrestres e navais, a aceitar o posto de tenente-coronel do estado-maior e o comando de Puerto Cabello, a fortaleza mais sólida da Venezuela.

Quando os prisioneiros de guerra espanhóis, que Miranda costumava confinar na fortaleza de Puerto Cabello, conseguiram dominar de surpresa os guardas e tomar a cidadela, Bolívar, apesar de os prisioneiros estarem desarmados, ao passo que ele dispunha de uma guarnição numerosa e uma grande quantidade de munição, partiu precipitadamente durante a noite com oito de seus oficiais, sem informar seus próprios soldados, chegou a La Guaira ao amanhecer e se recolheu a sua propriedade em San Mateo. Ao tomar conhecimento da fuga de seu comandante, a guarnição retirou-se ordeiramente do local, que foi ocupado de imediato pelos espanhóis comandados por Monteverde. Esse acontecimento fez a balança pender em favor da Espanha e obrigou Miranda, sob as ordens do congresso, a assinar o Tratado de La Victoria, em 26 de julho de 1812, devolvendo a Venezuela ao controle espanhol. Em 30 de julho, Miranda chegou a La Guaira, onde tencionava embarcar num navio inglês. Em sua visita ao comandante do local, coronel Manuel Maria Casas, encontrou-se com um grupo numeroso, no qual estavam D. Miguel Peña e Simón Bolívar, que o convenceram a ficar pelo menos uma noite na residência de Casas. Às duas horas da madrugada, quando Miranda dormia um sono profundo, Casas, Peña e Bolívar introduziram-se em seu quarto com quatro soldados armados, apoderaram-se precavidamente de sua espada e sua pistola, acordaram-no e lhe ordenaram com rudeza que se levantasse e se vestisse, e por fim o puseram a ferro e o entregaram a Monteverde. Este o despachou para Cádiz, onde Miranda, acorrentado, morreu após alguns anos de cativeiro. Esse ato, cometido a pretexto de que Miranda teria traído seu país, mediante a capitulação de La Victoria, permitiu que Bolívar caísse nas graças especiais de Monteverde, de sorte que, quando ele lhe solicitou seu passaporte, Monteverde declarou: "A solicitação do coronel Bolívar deve ser atendida, como recompensa pelos serviços que ele prestou ao rei da Espanha ao lhe entregar Miranda".

Com isso, Bolívar foi autorizado a embarcar para Curaçao, onde passou seis semanas, dirigindo-se em seguida, acompanhado de seu primo Ribas, para a pequena república de Cartagena. Antes da chegada dos dois, um grande número de soldados que tinham servido sob o comando do general Miranda havia fugido para Cartagena. Ribas lhes propôs que empreendessem uma expedição contra os espanhóis presentes na Venezuela e aceitassem Bolívar como seu comandante supremo. Eles abraçaram avidamente a primeira proposta; hesitaram quanto à segunda, mas acabaram cedendo, sob a condição de que Ribas fosse o segundo homem no comando. Manuel Rodríguez Torices, presidente da república de Cartagena, acrescentou aos oitocentos soldados assim alistados sob as ordens de Bolívar os quinhentos homens que eram comandados por seu primo, Manuel Castillo. A expedição teve início no começo de janeiro de 1813. Como surgissem dissidências entre Bolívar e Castillo quanto ao comando supremo, este último bateu subitamente em retirada com seus granadeiros. Por sua vez, Bolívar propôs que se seguisse o exemplo de Castillo, voltando a Cartagena, mas Ribas finalmente o convenceu a prosseguir pelo menos até Bogotá, que era a sede, na época, do congresso de Nova Granada. Os dois foram bem acolhidos, recebendo todo tipo de apoio, e promovidos ao posto de general pelo congresso; em seguida, dividindo seu pequeno exército em duas colunas, marcharam por rotas diferentes para Caracas. Quanto mais avançavam, maiores se tornavam seus recursos, pois os excessos cruéis dos espanhóis funcionaram em toda parte como sargentos recrutadores do exército dos independentes. A capacidade de resistência dos espanhóis se desarticulou, em parte pelo fato de três quartos de seu exército comporem-se de nativos, que passavam para as fileiras opostas a cada encontro, e em parte pela covardia de generais como Tízcar, Cajigal e Fierro, que a qualquer oportunidade abandonavam suas tropas. E foi assim que Santiago Mariño, um jovem ignorante, conseguiu desalojar os espanhóis das províncias de Cumaná e Barcelona, ao mesmo tempo que Bolívar avançava pelas províncias ocidentais. A única resistência séria por parte dos espanhóis foi a que se opôs à coluna de Ribas, o qual, no entanto, derrotou o general Monteverde em Los Taguanes e o obrigou a se refugiar em Puerto Cabello com o resto de suas tropas.

Ao tomar conhecimento da aproximação de Bolívar, o general Fierro, governador de Caracas, enviou-lhe emissários para propor a capitulação, que foi assinada em La Victoria. Todavia, tomado de um pânico repentino e sem aguardar o regresso de seus próprios emissários, Fierro bateu secretamente em retirada durante a noite e deixou mais de 1.500 espanhóis à mercê do inimigo. Bolívar foi então homenageado com uma entrada apoteótica. De pé sobre um carro triunfal, puxado por doze jovens vestidas de branco e enfeitadas com as cores nacionais, todas escolhidas entre as melhores famílias de Caracas, Bolívar, com a cabeça descoberta e uniforme de gala, agitando um pequeno bastão, foi conduzido por cerca de meia hora, desde a entrada da cidade até sua residência. Proclamando-se "Ditador e Libertador das Províncias Ocidentais da Venezuela" – Mariño havia assumido o título de "Ditador das Províncias Orientais" –, criou a "Ordem do Libertador", formou uma tropa de elite que denominou de sua guarda pessoal e se cercou da pompa própria de uma corte. Entretanto, como a maioria de seus compatriotas, ele era avesso a qualquer esforço prolongado, e sua ditadura não tardou a degenerar numa anarquia militar, na qual os assuntos mais importantes eram deixados nas mãos de favoritos, que arruinavam as finanças públicas e depois recorriam a meios odiosos para reorganizá-las. Assim, o novo entusiasmo popular transformou-se em descontentamento, e as forças dispersas do inimigo dispuseram de tempo para se recuperar. Enquanto, no começo de agosto de 1813, Monteverde estivera trancafiado na fortaleza de Puerto Cabello, e o exército espanhol, reduzido à posse de uma estreita faixa de terra no noroeste da Venezuela, em dezembro, decorridos apenas quatro meses, o prestígio do Libertador havia desaparecido e a própria Caracas viu-se ameaçada pelo súbito aparecimento, em suas cercanias, de espanhóis vitoriosos, comandados por Boves. Para fortalecer seu poder cambaleante, Bolívar convocou uma assembléia em 1º de janeiro de 1814, composta pelos habitantes mais influentes de Caracas, e lhes declarou já não estar disposto a suportar o fardo da ditadura. Hurtado de Mendoza, por seu turno, defendeu num longo discurso "a necessidade de que o poder supremo permanecesse nas mãos do general Bolívar, até que o Congresso de Nova Granada pudesse reunir-se e a Venezuela fosse unificada sob um governo único". Essa proposta foi aceita, com isso investindo-se a ditadura de uma espécie de sanção legal.

Durante algum tempo, a guerra contra os espanhóis teve prosseguimento por meio de pequenas escaramuças, sem que nenhum dos contendores obtivesse vantagens decisivas. Em junho de 1814, Boves concentrou suas tropas e marchou de Calabozo até La Puerta, onde os dois ditadores, Bolívar e Mariño, haviam reunido suas forças; ali os encontrou e ordenou um ataque imediato. Após uma breve resistência, Bolívar fugiu para Caracas, enquanto Mariño desaparecia em direção a Cumaná. Puerto Cabello e Valencia caíram nas mãos de Boves, que destacou duas colunas (uma delas comandada pelo coronel González) para avançarem por rotas distintas rumo a Caracas. Ribas tentou em vão refrear o avanço de González. Quando da rendição de Caracas a este coronel, em 17 de julho de 1814, Bolívar evacuou La Guaira, ordenou que os navios ancorados no porto da cidade zarpassem para Cuntana e se retirou com o restante de suas tropas para Barcelona. Após a derrota infligida por Boves aos insurgentes em Arguita, em 8 de agosto de 1814, Bolívar deixou secretamente suas tropas na mesma noite e, servindo-se de atalhos, dirigiu-se às pressas para Cumaná, onde, apesar dos protestos irados de Ribas, embarcou de imediato no navio *Bianchi*, na companhia de Mariño e de alguns outros oficiais. Se Ribas, Páez e outros generais houvessem acompanhado os ditadores na fuga, tudo se haveria perdido. Tratados como desertores pelo general Arismendi em sua chegada a Juan Griego, na ilha de Margarita, e dele recebendo ordem de partir, zarparam rumo a Carúpano, de onde, após uma recepção similar por parte do coronel Bermúdez, desviaram o rumo para Cartagena. Ali, para coonestar sua fuga, divulgaram um manifesto justificatório, redigido numa fraseologia pomposa.

Depois de participar de uma conspiração para derrubar o governo de Cartagena, Bolívar teve que deixar essa pequena república e seguiu para Tunja, onde estava reunido o Congresso da República Federal de Nova Granada. Nessa ocasião, a província de Cundinamarca achava-se à frente das províncias independentes que se recusavam a subscrever o acordo federal neogranadino, enquanto Quito,

Pasto, Santa Marta e outras províncias continuavam em poder dos espanhóis. Bolívar, que chegou a Tunja em 22 de novembro de 1814, recebeu do Congresso o título de comandante supremo das forças armadas federais, bem como a dupla missão de obrigar o presidente da província de Cundinamarca a reconhecer a autoridade do Congresso e, em seguida, a marchar para Santa Marta, o único porto fortificado que os espanhóis ainda conservavam em Nova Granada. O cumprimento do primeiro encargo foi fácil, já que Bogotá, a capital da província rebelde, era uma cidade indefesa. Apesar da capitulação dela, Bolívar permitiu que seus soldados a saqueassem durante 48 horas. Em Santa Marta, o general espanhol Montalvo, que contava com uma frágil guarnição de menos de duzentos homens e uma fortaleza em péssimas condições defensivas, já havia contratado uma embarcação francesa para assegurar sua própria fuga, enquanto os habitantes da cidade enviaram a Bolívar a mensagem de que, tão logo ele aparecesse, abririam os portões da cidade e expulsariam a guarnição. Contudo, em vez de marchar contra os espanhóis de Santa Marta, como lhe havia ordenado o Congresso, Bolívar deixou-se levar pelo rancor que nutria por Castillo, o comandante de Cartagena, e tomou a si a função de conduzir suas tropas contra esta última cidade, que era parte integrante da República Federal. Rechaçado, acampou em La Papa, uma grande colina situada a aproximadamente um tiro de canhão de Cartagena, e ali instalou como bateria um único canhão de pequeno porte, contra uma praça fortificada por umas oitenta peças. Em seguida, transformou o cerco num bloqueio, que durou até o início de maio, sem outros resultados senão a redução de seu exército, por deserção ou doença, de 2.400 para uns 700 homens. Nesse meio tempo, uma grande expedição espanhola, comandada pelo general Morillo, havia chegado de Cádiz à ilha de Margarita, em 25 de março de 1815, e conseguira enviar reforços poderosos para Santa Marta; pouco depois, capturou a própria Cartagena. Antes disso, porém, em 10 de maio de 1815, Bolívar embarcou para a Jamaica com cerca de uma dúzia de oficiais, num bergantim artilhado de bandeira inglesa. Chegado a esse local de refúgio, ele tornou a divulgar uma proclamação, apresentando-se como vítima de algum inimigo ou facção secretos e defendendo sua fuga da aproximação dos espanhóis como uma renúncia ao comando, feita por deferência à paz pública.

Durante os oito meses passados por Bolívar em Kingston, os generais que ele deixara na Venezuela e o general Arismendi, na ilha de Margarita, resistiram ferrenhamente às armas espanholas. Mas quando Ribas, a quem Bolívar devia sua reputação, foi morto pelos espanhóis em seguida à captura de Maturín, em seu lugar surgiu em cena um homem de habilidades ainda maiores, que, não podendo, por sua condição de estrangeiro, desempenhar um papel independente na revolução sul-americana, finalmente resolveu agir sob as ordens de Bolívar. Tratava-se de Louis Brion. No intuito de levar auxílio aos revolucionários, ele zarpara de Londres para Cartagena numa corveta com 24 canhões, equipada em grande parte à sua própria custa, com 14 mil fuzis e grande quantidade de suprimentos militares. Chegando tarde demais para ser útil nessa área, Brion embarcou novamente rumo a Los Cayos, no Haiti, para onde muitos patriotas emigrantes haviam fugido após a capitulação de Cartagena. Nesse ínterim, Bolívar também havia partido de Kingston para Porto Príncipe, onde, em troca de sua promessa de emancipar os escravos, Pétion, o presidente do Haiti, ofereceu-lhe grandes recursos para uma nova expedição contra os espanhóis da Venezuela. Em Los Cayos, ele conheceu Brion e os outros emigrantes e, numa assembléia geral, propôs-se para chefiar a nova expedição, sob a condição de unir em sua pessoa os poderes civil e militar, até a realização de um congresso geral. Aceitos os seus termos pela maioria, a expedição lançou-se ao mar em 16 de abril de 1816, com Bolívar no comando e Brion como seu almirante. Em Margarita, ele conseguiu conquistar o apoio de Arismendi, o comandante da ilha, na qual este havia obrigado os espanhóis a ocuparem unicamente a localidade de Pampatar. Mediante a promessa formal de Bolívar de convocar um congresso nacional na Venezuela, tão logo se apoderasse do país, Arismendi convocou uma assembléia na catedral de La Villa del Norte e o proclamou publicamente comandante supremo das repúblicas da Venezuela e Nova Granada. Em 31 de maio de 1816, Bolívar desembarcou em Carúpano, mas não se atreveu a impedir que Mariño e Piar se separassem dele e travassem por conta própria uma batalha contra Cumaná. Enfraquecido por essa separação e seguindo os conselhos de Brion, ele zarpou para Ocumare, onde chegou a 3 de julho de 1816 com treze navios, dos quais apenas sete estavam equipados com artilharia. Seu exército não conseguiu reunir mais do que 650 homens, número que foi elevado para uns 800 pelo recrutamento dos negros cuja libertação ele havia proclamado. Em Ocumare, Bolívar tornou a divulgar um manifesto, no qual prometeu "exterminar os tiranos" e "convocar o povo a indicar seus representantes no congresso".

Ao avançar em direção a Valencia, não muito longe de Ocumare, ele deparou com o general espanhol Morales, à testa de cerca de duzentos soldados e cem milicianos. Quando os combatentes de Morales dispersaram a guarda avançada de Bolívar, segundo o registro de uma testemunha ocular, este perdeu

> toda a presença de espírito, não disse palavra, fez meia-volta no ato com o cavalo, fugiu a toda velocidade para Ocumare, passou pelo vilarejo num galope desabalado, chegou à baía próxima, apeou de um salto, entrou num bote e embarcou no *Diana*, ordenando a toda a esquadra que o seguisse até a ilhota de Buen Ayre [Bonaire] e deixando todos os seus companheiros privados de qualquer auxílio.

Em meio às censuras e admoestações de Brion, Bolívar tornou a se reunir com os outros comandantes na costa de Cumaná, mas, ao ser recebido com rispidez e ameaçado por Piar de ser levado a julgamento na corte marcial por deserção e covardia, retrocedeu prontamente para Los Cayos. Após meses de esforços, Brion finalmente conseguiu convencer a maioria dos chefes militares venezuelanos, que sentiam falta de contar ao menos com um centro nominal, a reinstaurar Bolívar como seu comandante supremo, sob a condição expressa de que ele convocasse um congresso e não se imiscuísse na administração civil. Em 31 de dezembro de 1816, ele chegou a Barcelona com as armas, a munição e os suprimentos fornecidos por Pétion. Arismendi juntou-se a ele em 2 de janeiro de 1817 e, no dia 4, Bolívar decretou a lei marcial e a união de todos os poderes em suas mãos; entretanto, passados cinco dias, quando Arismendi caiu numa emboscada armada pelos espanhóis, o ditador fugiu para Barcelona. Foi nessa localidade que a tropa se concentrou, e foi para lá que Brion também lhe enviou armas e reforços, de sorte que Bolívar logo reuniu uma nova força de 1.100 homens. Em 5 de abril, os espanhóis tomaram a cidade de Barcelona e as tropas de patriotas retiraram-se para a Casa da Misericórdia, uma construção isolada de Barcelona e fortificada por ordem de Bolívar, mas inadequada para defender de um ataque sério uma guarnição de 1.100 homens. Bolívar deixou seu posto na noite de 5 de abril, informando ao coronel Freites, a quem transferiu o comando, que iria em busca de mais soldados e não tardaria a voltar. Confiando nessa promessa, Freites recusou uma oferta de capitulação e, depois do ataque, foi trucidado com toda a sua guarnição pelos espanhóis.

Piar, um homem de cor, natural de Curaçao, concebeu e levou a cabo a conquista das províncias da Guiana, apoiado nessa empreitada pelas canhoneiras de Brion. A 20 de julho, com os espanhóis expulsos de todas as províncias, Piar, Brion, Zea, Mariño, Arismendi e outros convocaram um congresso provisório em Angostura e puseram na chefia do executivo um triunvirato. Brion, que odiava Piar e tinha um profundo interesse em Bolívar, em cujo sucesso tinha investido sua grande fortuna pessoal, conseguiu que este fosse nomeado como um dos triúnviros, a despeito de estar ausente. Ao se inteirar dessa notícia, Bolívar deixou seu refúgio e seguiu para Angostura, onde, incentivado por Brion, dissolveu o congresso e o triunvirato e os substituiu por um "Conselho Supremo da Nação", do qual se nomeou chefe, tendo Brion e Antonio Francisco Zea na chefia da seção militar e da seção política, respectivamente. Entretanto, Piar, o conquistador da Guiana, que outrora havia ameaçado levar Bolívar à corte marcial como desertor, não poupava de ironias o "Napoleão das retiradas" e, por conseguinte, este aprovou um plano para se livrar dele. Sob as falsas acusações de ter conspirado contra os brancos, planejado um atentado contra a vida de Bolívar e aspirado ao poder supremo, Piar foi levado a julgamento por um conselho de guerra presidido por Brion, condenado, sentenciado à morte e fuzilado em 16 de outubro de 1817. Sua morte deixou Mariño aterrorizado. Plenamente cônscio de sua própria insignificância, uma vez privado de Piar, Mariño, numa carta de extrema abjeção, caluniou publicamente o amigo assassinado, depreciou suas próprias tentativas de rivalizar com o Libertador e se colocou à mercê da inesgotável magnanimidade de Bolívar.

A conquista da Guiana por Piar havia alterado completamente a situação, em favor dos patriotas, pois essa província, por si só, proporcionava-lhes mais recursos do que todas as outras sete províncias venezuelanas juntas. Por isso, havia uma expectativa geral de que a nova campanha anunciada por Bolívar, por meio de um novo manifesto, viesse a resultar na expulsão definitiva dos espanhóis. Esse primeiro boletim, que descreveu pequenos grupos de espanhóis que se retiravam de Calabozo em busca de alimento como "exércitos em fuga ante nossas tropas vitoriosas", foi feito para não reduzir essas esperanças. Para enfrentar cerca de 4 mil espanhóis, que Morillo ainda não tinha conseguido concentrar, Bolívar reuniu mais de 9 mil homens, bem armados, equipados e fartamente supridos de tudo o que era necessário para a guerra. Não obstante, no fim de maio de 1818, ele havia perdido umas doze batalhas e todas as províncias ao norte do rio Orinoco. Dada a maneira como Bolívar dispersava suas forças superiores, elas eram sempre derrotadas quando em separado. Assim, deixando a condução da guerra nas mãos de Páez e seus outros subordinados, ele se retirou para Angostura. Seguiu-se uma deserção após outra, e tudo parecia resvalar para um completo descalabro. Nesse momento sumamente crucial, uma nova conjunção de acontecimentos fortuitos tornou a modificar o rumo da situação. Em Angostura, Bolívar conheceu Santander, natural de Nova Granada, que lhe suplicou meios para invadir esse território, cuja população estava pronta para se levantar em massa contra os espanhóis. Esse pedido foi atendido, até certo ponto, enquanto um poderoso socorro chegava da Inglaterra, sob a forma de homens, navios e munição, e oficiais ingleses, franceses, alemães e poloneses afluíam em bando para Angostura. Por fim, o dr. [Juan] Germán Roscio, desolado com o sucesso decrescente da revolução sul-americana, entrou em cena, influenciou o pensamento de Bolívar e o induziu a convocar, em 15 de fevereiro de 1819, um congresso nacional, cuja simples menção revelou-se forte o bastante para criar um novo exército de cerca de 14 mil homens, de modo que Bolívar descobriu-se em condições de retomar a ofensiva.

Os oficiais estrangeiros lhe sugeriram fingir que tencionava desferir um ataque contra Caracas para libertar a Venezuela do jugo espanhol, e com isso induzir Morillo a enfraquecer Nova Granada e concentrar suas forças na defesa da Venezuela, enquanto o próprio Bolívar deveria rumar subitamente para oeste, unir-se aos guerrilheiros de Santander e marchar sobre Bogotá. Para executar esse plano, ele deixou Angostura em 24 de fevereiro de 1819, depois de nomear Zea presidente do congresso e vice-presidente da república durante sua ausência. Graças às manobras de Páez, Morillo e La Torre foram derrotados em Achaguas, e teriam sido destruídos por completo, se Bolívar houvesse unido suas tropas às de Páez e Mariño. De qualquer modo, as vitórias de Páez levaram à ocupação da província de Barima, o que abriu caminho para que Bolívar entrasse em Nova Granada. Como tudo ali fora preparado por Santander, as tropas estrangeiras, compostas sobretudo de ingleses, decidiram o destino de Nova Granada nas vitórias sucessivas de 1º de julho, 23 de julho e 7 de agosto, na província de Tunja. Em 12 de agosto, Bolívar fez sua entrada triunfal em Bogotá, enquanto os espanhóis, contra os quais se haviam levantado todas as províncias granadinas, entrincheiraram-se na cidade fortificada de Mompox.

Depois de deixar em funcionamento o congresso granadino em Bogotá e de instalar o general Santander como comandante supremo, Bolívar marchou para Pamplona, onde passou cerca de dois meses em festejos e bailes. Em 3 de novembro, chegou a Mantecal, na Venezuela, onde havia instruído os chefes patriotas do território a se reunirem com suas tropas. Com um tesouro de uns 2 milhões de dólares, obtidos dos habitantes de Nova Granada mediante contribuições forçadas, e dispondo de uma tropa de aproximadamente 9 mil homens, um terço dos quais compunha-se de ingleses, irlandeses, hanoverianos e outros estrangeiros bem disciplinados, coube-lhe então enfrentar um inimigo despojado de todos os recursos e reduzido a uma força nominal de 4.500 homens, dois terços dos quais eram nativos e, por conseguinte, não podiam inspirar confiança nos espanhóis. Com Morillo em retirada de San Fernando de Apure para San Carlos, Bolívar o seguiu até Calabozo, de modo que os quartéis-generais inimigos ficaram a apenas dois dias de marcha um do outro. Se Bolívar tivesse avançado com arrojo, suas simples tropas européias teriam esmagado os espanhóis, porém ele preferiu prolongar a guerra por mais cinco anos.

Em outubro de 1819, o congresso de Angostura forçou a renúncia de Zea, nomeado por Bolívar, e escolheu Arismendi para seu lugar. Assim que recebeu essa notícia, Bolívar marchou subitamente com sua legião de estrangeiros para Angostura, surpreendeu Arismendi, que contava apenas com seiscentos nativos, exilou-o na ilha de Margarita e reinstalou Zea no cargo e em suas prerrogativas. O dr. Roscio, fascinando-o com a perspectiva de um poder central, levou-o a proclamar Nova Granada e a Venezuela como a "República da Colômbia", a promulgar uma constituição para o novo Estado, redigida por Roscio, e a permitir a criação de um congresso comum para as duas províncias. Em 20 de janeiro de 1820, Bolívar regressou outra vez a San Fernando de Apure. Sua súbita retirada da legião de estrangeiros, mais temida pelos espanhóis do que dez vezes o mesmo número de colombianos, deu a Morillo uma nova oportunidade de concentrar reforços, enquanto a notícia de uma portentosa expedição que deveria partir da Espanha sob o comando de O'Donnell levantou o moral abatido do partido espanhol. Apesar de sua força vastamente superior, Bolívar conseguiu a proeza de não realizar nada durante a campanha de 1820. Entrementes, chegou da Europa a notícia de que a revolução na ilha de Leon pusera fim, imperiosamente, à programada expedição de O'Donnell. Em Nova Granada, 15 das 22 províncias haviam aderido ao governo da Colômbia, só restando aos espanhóis as fortalezas de Cartagena e o istmo do Panamá. Na Venezuela, seis das oito províncias submeteram-se às leis da Colômbia. Era essa a situação quando Bolívar se deixou seduzir por Morillo a entrar em negociações que resultaram, em 25 de novembro de 1820, na celebração de um acordo em Trujillo, pelo qual se estabeleceu uma trégua de seis meses. Nesse acordo, não se fez qualquer menção à República da Colômbia, embora o congresso tivesse proibido expressamente a conclusão de qualquer acordo com o comandante espanhol enquanto ele não reconhecesse a independência da república.

Em 17 de dezembro, ansioso por desempenhar seu papel na Espanha, Morillo embarcou em Puerto Cabello, deixando o comando supremo nas mãos de Miguel de Latorre, e, no dia 10 de março de 1821, Bolívar comunicou a Latorre, por carta, que as hostilidades recomeçariam num prazo de trinta dias. Os espanhóis ocupavam uma posição forte em Carabobo, um vilarejo situado mais ou menos a meio caminho entre San Carlos e Valencia, mas Latorre, em vez de reunir ali todas as suas forças, havia concentrado apenas sua primeira divisão – 2.500 soldados de infantaria e cerca de 1.500 cavalarianos –, enquanto Bolívar dispunha de uns 6.000 homens da infantaria, entre eles a legião de britânicos, que reunia 1.100 soldados, e 3.000 cavalarianos *llaneros* [habitantes da planície], sob o comando de Páez. A posição do inimigo pareceu tão assustadora a Bolívar, que ele propôs a seu conselho de guerra a feitura de um novo armistício, o que, no entanto, foi rejeitado por seus subalternos. À frente de uma coluna composta principalmente pela legião inglesa, Páez contornou por um atalho o flanco direito do inimigo e, com o sucesso da execução dessa manobra, Latorre foi o primeiro espanhol a fugir, correndo sem descanso até chegar a Puerto Cabello, onde se entrincheirou com o resto de sua tropa. Um avanço rápido do exército vitorioso teria certamente logrado a rendição da própria Puerto Cabello, mas Bolívar perdeu tempo exibindo-se em Valencia e Caracas. Em 21 de setembro de 1821, a sólida fortaleza de Cartagena capitulou diante de Santander. Os últimos combates armados na Venezuela – a batalha naval de Maracaibo, em agosto de 1823, e a rendição forçada de Puerto Cabello em julho de 1824 – foram obra de Padilla. A revolução da ilha de Leon, que impedira a partida da expedição de O'Donnell, e o auxílio prestado pela legião britânica tinham obviamente virado a situação a favor dos colombianos.

O Congresso da Colômbia iniciou seus trabalhos em janeiro de 1821, em Cúcuta, promulgou a nova constituição em 30 de agosto e, havendo Bolívar feito uma nova ameaça de renunciar, prorrogou-lhe os poderes. Depois de assinar a nova constituição, o Libertador obteve autorização para empreender a campanha de Quito (1822), província para a qual se haviam retirado os espanhóis, uma vez expulsos do istmo do Panamá por um levante geral da população. Essa campanha, que se encerrou com a incorporação de Quito, Pasto e Guaiaquil à Colômbia, foi nominalmente liderada por Bolívar e pelo general Sucre, mas os poucos êxitos alcançados pelo corpo do exército deveram-se inteiramente a oficiais ingleses, como o coronel Sands. Durante as campanhas contra os espanhóis do Baixo e Alto Peru, em 1823-1824, Bolívar já não julgou necessário manter a aparência de ser o comandante supremo, delegou toda a condução dos assuntos militares ao general Sucre, e se restringiu às entradas triunfais, aos manifestos e à promulgação de constituições. Por meio de sua tropa de guarda-costas colombianos, manipulou a votação do Congresso de Lima, que, em 10 de fevereiro de 1823, transferiu para ele a ditadura;

ao mesmo tempo, garantiu sua reeleição como presidente da Colômbia, mediante um novo pedido de renúncia. Nesse meio tempo, sua posição se havia fortalecido, em parte graças ao reconhecimento formal do novo Estado pela Inglaterra, em parte pela conquista das províncias do Alto Peru por Sucre, as quais este unificou numa república independente, sob o nome de Bolívia. Ali, onde as baionetas de Sucre imperavam, Bolívar deu livre curso a suas inclinações para o poder arbitrário, e introduziu o "Código Boliviano", numa imitação do *Código* Napoleônico. Seu projeto era transplantar esse código da Bolívia para o Peru e deste para a Colômbia, a fim de manter esses Estados subjugados às forças colombianas, e manter a Colômbia submetida mediante a legião estrangeira e os soldados peruanos. Mesclando a força e a intriga, ele de fato conseguiu, ao menos por algumas semanas, impor seu código ao Peru. Como presidente e libertador da Colômbia, protetor e ditador do Peru e padrinho da Bolívia, atingiu o auge de sua glória. Mas surgiu na Colômbia um sério antagonismo entre os centralistas ou bolivaristas e os federalistas, sob cuja denominação os inimigos da anarquia militar se haviam aliado aos rivais militares de Bolívar. Quando o Congresso colombiano, por instigação do Libertador, formulou uma acusação contra Páez, vice-presidente da Venezuela, este respondeu com uma revolta aberta, secretamente apoiada e insuflada pelo próprio Bolívar, que queria insurreições que lhe fornecessem um pretexto para derrubar a constituição e reassumir a ditadura. Em seu regresso do Peru, além de sua guarda pessoal, ele comandou 1.800 peruanos, ostensivamente para combater os rebeldes federalistas. Em Puerto Cabello, entretanto, onde se reuniu com Páez, não só o confirmou como autoridade máxima da Venezuela e proclamou a anistia para todos os rebeldes, como tomou abertamente o partido destes, censurando com aspereza os defensores da constituição. Em seguida, por um decreto assinado em Bogotá em 23 de novembro de 1826, assumiu poderes ditatoriais.

No ano de 1826, que marcou o início de seu declínio, ele conseguiu reunir um congresso no Panamá com o objetivo aparente de criar um novo código democrático internacional. Lá estiveram plenipotenciários de Colômbia, Brasil, La Plata, Bolívia, México, Guatemala etc. O que Bolívar realmente almejava era erigir toda a América do Sul como uma única república federativa, tendo nele próprio seu ditador. Enquanto, dessa maneira, dava plena vazão a seus sonhos de ligar meio mundo a seu nome, o poder efetivo lhe escapou rapidamente das mãos. Informadas dos preparativos de Bolívar para introduzir o Código Boliviano, as tropas colombianas no Peru promoveram uma insurreição violenta. Os peruanos elegeram o general La Mar presidente de sua república, ajudaram os bolivianos a expulsar as tropas colombianas e chegaram até a travar uma guerra vitoriosa contra a Colômbia, finalizada por um tratado que a reduziu a seus limites primitivos, estipulando a igualdade entre os dois países e separando as dívidas públicas de cada um. A Convenção de Ocaña, convocada por Bolívar no intuito de reformar a constituição a favor de seu poder arbitrário, foi iniciada, em 2 de março de 1828, com um discurso cuidadosamente preparado, que insistia na necessidade de se outorgarem novos poderes ao executivo. Entretanto, quando se evidenciou que o projeto de emenda constitucional sairia da Convenção com um texto muito diferente da forma originalmente proposta, os amigos de Bolívar levantaram-se de seus assentos e deixaram a convenção sem *quorum*, com o que a assembléia foi extinta. Da casa de campo a que se recolhera, a alguns quilômetros de Ocaña, Bolívar divulgou um outro manifesto, no qual se fingiu indignado com as medidas tomadas por seus próprios amigos, mas, ao mesmo tempo, atacou a Convenção, exortou as províncias a recorrerem a medidas extraordinárias e se declarou disposto a arcar com qualquer fardo do poder, caso este lhe caísse sobre os ombros. Sob a pressão de suas baionetas, assembléias populares reunidas em Caracas, Cartagena e Bogotá, para a última das quais Bolívar se deslocara, tornaram a investi-lo de poderes ditatoriais. Uma tentativa de assassiná-lo no quarto em que ele dormia, em Bogotá, da qual o ditador só escapou por ter pulado da sacada em plena escuridão e se escondido embaixo de uma ponte, permitiu-lhe introduzir, durante algum tempo, uma espécie de terrorismo militar. Mesmo assim, ele não pôs as mãos em Santander, apesar de este haver participado da conspiração, ao passo que mandou executar o general Padilla, cuja culpa de modo algum fora provada, mas que, como homem de cor, não pôde oferecer resistência.

Uma violenta disputa entre facções perturbou a república em 1829 e, num novo apelo aos cidadãos, Bolívar os exortou a expressarem francamente seus desejos quanto a modificações a serem introduzidas na constituição. Como resposta, uma assembléia de notáveis reunida em Caracas reprovou publicamente as ambições dele, expôs às claras as deficiências de seu governo, declarou a separação entre a Venezuela e a Colômbia e colocou o general Páez à testa da primeira. O senado da Colômbia ficou ao lado de Bolívar, mas eclodiram outras insurreições em locais diferentes. Após demitir-se pela quinta vez, em janeiro de 1830, Bolívar tornou a aceitar a presidência e deixou Bogotá para guerrear contra Páez em nome do congresso colombiano. No fim de março de 1830, ele avançou à frente de 8 mil soldados, tomou Caracuta, que se havia sublevado, e rumou para a província de Maracaibo, onde Páez o esperava com 12 mil homens bem posicionados. Tão logo soube que Páez tinha em mente um combate sério, Bolívar viu sua coragem desmoronar. Por um momento, chegou a pensar em se submeter a Páez e se declarar contrário ao congresso; entretanto, a influência de seus partidários nessa casa desapareceu, e ele foi obrigado a submeter seu pedido de demissão, sendo informado de que dessa vez teria que mantê-lo e de que lhe seria concedida uma pensão anual, desde que ele partisse para o exterior. Assim, ele submeteu sua renúncia ao congresso em 27 de abril de 1830. Contudo, na esperança de reconquistar o poder mediante a influência de seus partidários, e por já se haver iniciado uma reação contra Joaquín Mosquera, o novo presidente da Colômbia, Bolívar postergou ao máximo sua saída de Bogotá e, sob uma multiplicidade de pretextos, prolongou sua estada em San Pedro até o fim de 1830, quando faleceu repentinamente.

Ducoudray-Holstein deixou-nos o seguinte retrato de Bolívar:

> Simón Bolívar tem 1,63m de altura, rosto comprido, faces encovadas, tez morena clara; os olhos são de tamanho regular, marcantemente afundados nas órbitas, e a cabeça é coberta por uma cabeleira rala. O bigode lhe confere um aspecto sombrio e feroz, particularmente quando ele se inflama. Todo o seu corpo é magro e mirrado. Ele tem a aparência de um homem de 65 anos. Quando anda, seus braços se agitam continuamente. Ele não pode caminhar muito, pois logo se cansa. Agrada-lhe sentar-se ou balançar-se em sua rede. É dado a acessos súbitos de ressentimento, transformando-se num instante em um louco que se atira na rede e profere xingamentos e imprecações contra todos os que o rodeiam. Gosta de se deleitar com sarcasmos contra os ausentes, lê apenas literatura francesa, cavalga com arrojo e dança a valsa com enorme paixão. Gosta de ouvir sua própria fala e de levantar brindes. Na adversidade e privado de ajuda externa, fica inteiramente isento de paixões e acessos temperamentais. Nessas ocasiões, torna-se brando, paciente, dócil e até submisso. Em larga medida, oculta seus defeitos sob a polidez do homem educado no chamado *beau monde*, possui um talento quase asiático para a dissimulação e compreende o ser humano melhor do que a maioria de seus compatriotas.

Por um decreto do congresso de Nova Granada, os restos mortais de Bolívar foram trasladados em 1842 para Caracas, onde se erigiu um monumento em sua homenagem.

Ver *Histoire de Bolívar, par le Gén. Ducoudray-Holstein: continuée jusqu'à sa mort par Alphonse Viollet* (Paris, 1831), *Memoirs of Gen. John Miller (in the service of the Republic of Peru)*; e cel. Hippisley, "Account of his journey to the Orinoco" (Londres, 1819).

# Epílogo*

*Marcos Roitman Rosenmann*
*Professor de sociologia da Universidad Complutense de Madrid*

*Sara Martínez Cuadrado*
*Pesquisadora da Universidad Complutense de Madrid*

Simón Bolívar e Karl Marx são dois personagens históricos cujas obras são objeto de veneração ou ódio. Em ambos os casos, lendas soturnas e rosadas circulam para apoiar ou negar atos e ideários políticos. No entanto, a distância entre os dois é clara. Bolívar, americano nascido em Caracas em 1783, militar de carreira, é conhecido por pertencer à ordem dos libertadores e por se haver declarado ditador supremo das Províncias Ocidentais. Marx, europeu nascido em 1818 em Trier, na Alemanha [Prússia renana], é conhecido por ter sido um dos fundadores do movimento comunista internacional, co-redator do *Manifesto comunista*, e por sua obra filosófica.

Heróis ou demônios, suas vidas estão unidas por contingências históricas. Nada permitiria prever una relação entre os dois. Com vidas paralelas, não pareceria haver um ponto de intersecção. Mas uma reta cruzou essas vidas,

* Publicado originalmente em Karl Marx, *Simón Bolívar* (Madri, Sequitur, 2001). (N. da T.)

provocando uma intersecção curiosa. Bolívar tornou-se objeto da atenção de Marx pela necessidade de atender a um pedido de Charles Dana para a *New American Cyclopaedia*, em 1857. O artigo escrito por Marx provocou controvérsia, mal-estar e ressentimento, em alguns casos. O próprio Marx viria a escrever sobre o assunto a seu amigo Engels:

> Dana tem-me feito críticas por causa de um artigo mais longo sobre "Bolívar", que estaria escrito em tom preconceituoso, e exige conhecer minhas fontes. Estas eu lhe posso fornecer, naturalmente, embora a exigência seja estranha. No que concerne ao estilo preconceituoso, certamente saí um pouco do tom enciclopedístico. Seria ultrapassar os limites querer apresentar como Napoleão I o mais covarde, brutal e miserável dos canalhas. Bolívar é o verdadeiro Soulouque.[1]

Não poderia ser diferente. Bolívar é um herói mítico, cuja personalidade e cujos atos estão sujeitos a preconceitos e fazem parte da história de vários países da América Latina. Essa circunstância não poderia passar despercebida ao editor da *New American Cyclopaedia*. Bolívar não só era conhecido por seus triunfos militares, como também lhe eram atribuídos talentos de estrategista e de grande diplomata.

Ele é um mito político, e Marx não hesitou em outorgar essa categoria à vida e à obra de Bolívar. Numa outra

1 Carta de Marx a Engels (Londres, 14 fev. 1858), apud Pedro Scaron, "Marx, Karl y Engels, Friedrich: Materiales para la historia de América Latina", *Cuadernos de Pasado y Presente* (Buenos Aires, n. 30, 1975), p. 94.

carta a Engels, escreveu: "A força criadora de mitos, característica da fantasia popular, provou sua eficácia em todas as épocas, inventando grandes homens. O exemplo mais notável desse tipo é, sem dúvida, o de Simón Bolívar"[2]. É o mito bolivariano que emerge no momento de avaliarmos o conteúdo crítico do artigo de Marx sobre a vida e a obra desse personagem.

Se pensarmos no significado do mito político para a construção teológica do Estado pós-colonial, veremos que seu desenvolvimento foi de importância vital para legitimar processos de dominação social. Na Venezuela, berço do ditador supremo, Bolívar é considerado um herói mítico, e qualquer crítica à história oficial do Libertador pode ser interpretada como um repúdio à pátria. O espírito bolivariano paira sobre as cabeças de líderes e dirigentes cujo princípio de atuação é considerado um exemplo a ser seguido. Construtor do Estado, líder da independência e do pensamento antiimperialista, sua vida deve ficar à margem de um juízo histórico. É o culto do herói que, posteriormente, torna estéril qualquer tipo de interpretação política que não esteja aderida aos princípios reguladores do mito.

> Em termos de segunda religião, cívica e geradora de exemplos, o Bolívar do culto deve constituir o modelo universal dos venezuelanos, mas o endeusamento anula seu funcionamento como tal. É quase impossível pensar num fiel que seja "igual a Deus". Daí haverem nascido duas tendências no culto. Uma, a mais intransigente e ir-

2 Ibidem.

> racional, resume-se no conceito do Deus que governa. Para ela, o culto é uma questão de fé. A outra tendência se resume no conceito de paradigma, com um ponto de contato com a primeira, visto que esse paradigma é inalcançável por definição, pois, se não se pode ser igual a Deus, tampouco se pode ser "igual a Bolívar", muito menos superior a ele. Com isso, em virtude do culto a Bolívar, e em conseqüência das duas tendências, o venezuelano sabe que sua atuação vital tem um limite intransponível.[3]

É essa visão idealizada que Marx destrói e despedaça com sua interpretação. Não é à toa que começa seu artigo destacando o ato de traição cometido por Bolívar contra a figura de Francisco de Miranda[4]. A entrega do generalíssimo Francisco Miranda às autoridades espanholas em La Guaira é, para Marx, o primeiro ato em que o leitor se encontra com um outro Bolívar, aquele que ele não reluta em chamar de "covarde, brutal e miserável".

É claro, ele quer desmistificar o herói e pôr na terra os pés do ditador supremo. "Às duas horas da madrugada, quando Miranda dormia um sono profundo", diz Marx,

> Casas, Peña e Bolívar introduziram-se em seu quarto com quatro soldados armados, apoderaram-se precavidamente de sua espada e sua pistola, acordaram-no e lhe ordenaram com rudeza que se levantasse e se vestisse, e

3 Germán Carrera Damas, *El culto a Bolívar* (2. ed., Caracas, Universidad Central de Venezuela, 1973), p. 212.

4 Cf. Francisco de Miranda, *América Espera* (Caracas, Biblioteca Ayacucho, 1982).

> por fim o puseram a ferros e o entregaram a Monteverde. Este o despachou para Cádiz, onde Miranda, acorrentado, morreu após alguns anos de cativeiro.

Mas os venezuelanos salvaram seu herói, reconstruindo esse ato como parte do mito que o precedeu:

> No grupo [diz Yepes, referindo-se a Casas, Peña e Bolívar], Bolívar foi o primeiro: essa sempre foi uma condição inelutável de seu destino. Ao lhe transmitir a ordem de prisão, o generalíssimo, acostumado com a disciplina militar, entregou a espada e, em consonância com seu conceito de desdém por aqueles oficiais, exclamou em tom enérgico: "essa gente não sabe fazer tumultos". [...] Bolívar não participou da prisão de Miranda para entregá-lo ao monstro monárquico personificado em Domingo Monteverde. O futuro Libertador obedecia a um imperativo da pátria. Com Miranda se acabava a independência, e todo republicano de estirpe tinha que reagir com violência e agressão contra o símbolo da desintegração da liberdade nacional [...]. Naquela hora, para Simón Bolívar, Monteverde e Miranda eram igualmente inimigos da república. Ambos, ainda que por causas distintas, cometiam um delito comum nesse resultado. Mereciam castigo [...]. É que a alma da República, encarnada em Bolívar, não meditava sobre os obstáculos a superar, em sua ascensão de martírio e glória.[5]

5 Rafael Yepes Trujillo, *El libertador: civilista i héroe* (Caracas, Archivo General de la Nación, 1972), pp. 72-3.

Uma leitura distinta emerge de Marx e de Yepes. Em um, existe a traição; no outro, o fervor pátrio. Nem poderia ser diferente: se os venezuelanos aceitassem a proposta marxista de interpretação, o mito do herói seria derrubado e, com ele, a possibilidade de dominação.

> O herói, portanto, é o homem ou a mulher que foi capaz de combater e triunfar sobre suas limitações históricas pessoais e locais e que alcançou as formas humanas gerais, válidas e normais. Desse modo, as visões, as idéias e as inspirações surgem prístinas das fontes primárias da vida e do pensamento humano. Daí sua eloqüência, não vinda da sociedade ou da psique presentes e em estado de desintegração, mas da fonte inesgotável através da qual a sociedade há de renascer. O herói morreu como homem moderno, mas, como segunda tarefa e façanha formal, tem que voltar para nós transfigurado e ensinar as lições que aprendeu sobre a renovação da vida.[6]

Manter Bolívar incólume, ante interpretações consideradas tendenciosas, tem sido um trabalho desenvolvido por todas as vertentes ideológico-políticas da historiografia latino-americana. Marxistas, liberais progressistas ou conservadores reacionários têm participado dessa tarefa. Porém não o fazem apenas com Bolívar: também procuram salvar os pais da pátria de interpretações considera-

6 Joseph Campbell, *El héroe de las mil caras: psicoanálisis del mito* (trad. de Luisa Josefina, México, FCE, 1997), p. 26.

das depreciativas ou afrontosas sobre a personalidade do herói. E com isso se sucedem as histórias encobridoras e se arbitra uma censura aos textos que soam mal ou que se mostram críticos num sentido contrário ao mito. É o caso que nos ocupa aqui.

Não obstante, o artigo de Marx é esclarecedor das posições ideológico-políticas de Bolívar, e mostra um aristocrata com ânsias de poder e submetido às paixões terrenas. Situa o personagem e não desconhece o valor de uma luta social pela independência e defensora dos princípios anticoloniais do direito de autodeterminação. Só que não os atribui a Bolívar. Não podemos contornar o fato de que Marx conhecia os escritos dele e seu pensamento político. Além disso, foi o próprio Bolívar quem se encarregou de deixar claro o seu ideal de constituição aristocrática, com um conceito de cidadãos passivos e ativos, além de um corpo eleitoral qualificado e um presidente permanente e vitalício.

José Aricó foi quem melhor esclareceu essa circunstância, em seu ensaio *Marx y América Latina*. Aricó destacou as conseqüências que teve para Marx a análise da questão irlandesa, em suas elaborações políticas acerca da chamada questão colonial e da luta antiimperial. Redigidas posteriormente ao trabalho sobre Bolívar e a seus escritos coloniais sobre a Índia, elas assinalaram os limites das lutas antiimperialistas.

> O fato é que o exame da questão irlandesa permitiu a Marx estabelecer uma proposta econômica e política para a libertação da Irlanda, a qual, a despeito dos anos

> decorridos, continua a ser o programa básico inicial de todo processo emancipador nos países dependentes e coloniais: 1) autogoverno e independência; 2) reforma agrária; e 3) proteção tarifária.[7]

A perspectiva de imputar a Marx uma valorização europeísta e desatinada dos fatos e dos atores históricos da América Latina também é rechaçada por Aricó. Do mesmo modo, não cabe pensar numa antipatia de Marx por Bolívar, embora Aricó a considere dessa forma em seu texto.

O que aconteceu com o artigo de Marx sobre Bolívar está sujeito a uma discussão mais política do que teórica. E é essa visão de Marx sobre Bolívar que se procura ignorar, posto que ela é uma das facetas principais do processo da independência latino-americana: o caráter preponderantemente oligárquico de seus caudilhos e dirigentes militares e políticos. Não foi à toa que Marx usou de toda a sua ironia para construir a voz dele, destacando "Bolívar y Ponte".

A maioria dos membros das elites crioulas não foi de democratas nem construiu um espaço de articulação política em que o povo fizesse parte da cidadania política. E isso entrava em contradição com os ideais democráticos e libertários de Marx e do pensamento radical do século XIX. Para Bolívar, a união do Estado só podia ser obtida através de um poder permanente e vitalício, do qual desaparecessem as assembléias e as eleições populares. "A Venezuela foi a república americana que mais avançou em

7 José Aricó, *Marx y América Latina* (México, Alianza Editorial Mexicana, 1982), p. 66.

suas instituições políticas, e foi também o exemplo mais claro da forma democrática e federal para nossos Estados nascentes."[8] Assim, com uma avaliação amável da democracia, Bolívar a rechaçou, por ela não se adequar às condições sociais e políticas que deviam reger os governos e ser mantidas pelos povos americanos. Ele renegou a democracia em favor de uma ordem monárquica e aristocrática. Sua idéia secreta, segundo Salvador de Madariaga, seria esta:

> Na verdade – diria Bolívar – sou da opinião da França, pois, embora nunca tenha havido maior defensor que eu dos direitos e liberdades da humanidade [...], tenho de confessar que este país não está em condições de ser governado pelo povo, coisa que, havemos de convir, em geral é melhor na teoria do que na prática. Não há país mais livre que a Inglaterra, governada por uma monarquia bem regulada [...]. De todas as regiões, a América do Sul é a menos apta para os governos republicanos. Em que consiste sua população, senão em índios e negros mais ignorantes do que a vil raça de espanhóis da qual acabamos de nos emancipar? Um país representado e governado por gente assim está fadado à ruína. Temos que pedir auxílio à Inglaterra [...]. O senhor pode dizer que nunca fui inimigo das monarquias por um princípio geral; ao contrário, considero-as necessárias.[9]

8 Simón Bolívar, "Cartas de Jamaica" (1815), *Escritos políticos* (Madri, Alianza, 1971), p. 75.
9 Salvador de Madariaga, *Bolívar* (v. II, Madri, Editorial Sarpe, 1985), p. 259.

É essa a visão do dominador cativo, assumida por Simón Bolívar nas palavras de Carrera Damas, a pedra angular que explica a visão crioula depreciativa do negro e do índio. Já na carta da Jamaica, Bolívar responde a sua própria pergunta – quem somos? – dizendo:

> Não somos índios nem europeus, mas uma espécie intermediária entre legítimos proprietários do país e os usurpadores espanhóis: em suma, sendo americanos por nascimento e europeus por nossos direitos, temos que disputar esses direitos com os do país e nos mantermos nele contra a invasão dos invasores [...]. Estávamos num grau ainda mais baixo de servidão e, por isso mesmo, com mais dificuldade para nos alçarmos à fruição da liberdade.[10]

Aristocrata e crioulo, a visão de Bolívar pode ser entendida assim:

> a consciência histórica é produto do processo de implantação de uma nova sociedade num território já ocupado por sociedades aborígines, processo este que gerou uma relação de dominação na qual o dominador representa a razão histórica do processo global, e o dominado é visto, a um tempo, como um antecedente e um companheiro indesejável – o "problema indígena". O resultado é uma concepção fatalista do processo: o dominado terá que ser subjugado na sociedade crioula implantada, e essa con-

10 Simón Bolívar, op. cit., pp. 69-70.

> cepção legitima todos os procedimentos para "resolver o problema indígena".[11]

O cesarismo democrático fez sua entrada com Bolívar. Uma aristocracia com valores democráticos.

> Cada dez cidadãos nomeiam um eleitor, e com isso fica a nação representada por um décimo de seus cidadãos. Não se exigem senão capacidades, nem se necessita possuir bens, para representar a augusta função do soberano; mas ele deve saber ler e escrever suas votações, assinar seu nome e ler as leis. Há de professar uma ciência ou uma arte que lhe assegure um alimento honesto. Não se lhe impõem outras exclusões senão as do crime, do ócio e da ignorância absoluta. Saber e honradez, não dinheiro, são o que requer o exercício do poder público.[12]

Trata-se de uma ordem política permanente e vitalícia nas mãos de uma elite aristocrática, na qual Deus ocupa o vértice superior da pirâmide e da qual emanam os poderes terrenos. E a ordem imposta pela vontade de Deus não pode ser alterada pela vontade dos homens. Com esses postulados, Bolívar restabeleceu a escravidão e procedeu à expulsão dos povos indígenas das terras comunais. A propriedade latifundiária consolidou-se e os povos indí-

11 Germán Carrera Damas, *El dominador cautivo* (Caracas, Grijalbo, 1988), p. 156.
12 Simón Bolívar, "Discurso introductorio a la constitución de Bolívia" (1826), em José Luis Romero & Luis Alberto Romero (orgs.), *Pensamiento conservador (1815-1898)* (Caracas, Biblioteca Ayacucho, 1978), pp. 3-12.

genas foram despojados de suas terras. Com todos esses antecedentes, poderia Marx ter outra imagem do Ditador Supremo?

Como bem assinalou Aricó, Marx nadou contra a corrente. Para isso, entretanto, precisou conhecer perfeitamente todos os fatores que incidiam na elaboração de um texto contrário à visão da época. Para nadar contra a corrente, é preciso nadar com perfeição, conhecer a profundidade das águas, os tipos de corrente, os leitos profundos e os meandros, caso contrário, o mais provável será o afogamento. Desqualificar ou silenciar esse escrito favorece a visão crioula e reforça o mito político do dominador cativo.

Por último, cabe destacar uma explicação bastante plausível, e na qual Aricó se deteve, para explicar os motivos do preconceito de Marx em seu ensaio sobre Bolívar. Trata-se do uso que ele faz da idéia hegeliana de *povos sem história*. Nas palavras de Aricó:

> Se admitirmos, mesmo como hipótese de trabalho, que foram considerações *políticas* que levaram Marx à adoção de uma atitude tão preconceituosa em relação a Bolívar, e o que isso implicou de incompreensão sobre as características da América Latina e a natureza de seu movimento real, a questão agora será ver mais detidamente de que maneira, no próprio texto sobre Bolívar, afloram duas linhas de pensamento subjacentes às elaborações de Marx desde sua juventude. Estimuladas por sua avaliação política negativa do fenômeno latino-americano, surgem de forma encoberta ambas as linhas de pensa-

> mento de origem hegeliana, embora a primeira implique uma adesão modificada àquele pensamento, enquanto a segunda expressa o repúdio do hegelianismo nesse terreno. O raciocínio adotado é o que se vincula à idéia dos "povos sem história", enquanto o rejeitado refere-se ao papel do Estado como instância produtora da sociedade civil. [...] Talvez sejam poucas as vezes em que, como nessa ocasião, é possível aplicar ao próprio Marx a crítica que ele fez, em outra oportunidade, a Victor Hugo, pela maneira de apresentar o golpe de Estado de seu odiado Luís Napoleão: "Quanto ao acontecimento em si, ele parece, em sua obra, um raio que houvesse caído de um céu sereno". Isso permite supor que a xenofilia recorrente em todo o texto de Marx sobre Bolívar se deva, fundamentalmente, a essa ubiquação da racionalidade nos representantes de tais "povos sem história", nos quais a inexistência factual de uma *luta de classes* impediria explicar a partir desta "as circunstâncias e as condições que permitiram a um personagem medíocre e grotesco representar o papel de herói".

Para concluir, nada melhor do que reproduzir por extenso uma parte da apresentação de Aníbal Ponce para o texto de Marx sobre Bolívar – um texto descoberto por ele e publicado na América Latina, pela primeira vez, na revista *Dialéctica*, de Buenos Aires, em seus números de março e julho de 1936. Queremos incluir, para terminar, as opiniões de Aníbal Ponce, que subscrevemos em grande medida:

Numa tarde do mês de fevereiro de 1935, quando esquadrinhava os arquivos do magnífico Instituto Marx-Engels-Lênin, de Moscou, atraiu-me, entre tantas maravilhas de documentos, revistas, livros e papéis, um artigo biográfico de Marx sobre Bolívar. [...]

É sabido que a história de Bolívar ainda permanece envolta numa espessa nuvem de lendas. Os historiadores do Norte e do Sul têm polemizado exaustivamente sobre os méritos e deméritos de seus respectivos "libertadores", e o fazem com tanta aversão e mesquinhez, que os agravos continuam a existir, apesar dos rapapés diplomáticos e dos intermináveis intercâmbios de bustos e estátuas.

Esse aspecto, naturalmente, não é o que mais nos interessa. Na pluma de certos teóricos alheios a essa polêmica, e que, além disso, confessam-se acima dela, os "ideais" de Bolívar adquiriram, nos últimos tempos, um sentido emancipador antiimperialista. Trata-se de algo assim como a trompa de Rolando, destinada a convocar às hostes da América hispânica, para repelir a agressão do imperialismo norte-americano – o único imperialismo, por outro lado, que os referidos teóricos enfocam. É esse o caso, para citar apenas os representantes mais ilustres, de Víctor Raúl Haya de la Torre e de José Vasconcelos. O primeiro recrimina "as classes governantes de nossos vinte países"; o segundo afirma que, embora as idéias de Bolívar "não fossem muito claras", é justo chamar de bolivarismo "o ideal hispano-americano de criar uma federação com todos os povos da cultura espanhola, para assim nos defendermos do monroísmo agressivo dos ianques".

Este não é o momento de comentar detidamente tais opiniões. Por ora, basta que as tenhamos presentes ao examinarmos o artigo de Marx sobre Bolívar, que é muito suculento, apesar de seu aspecto seco e áspero.

É desnecessário sublinhar, porque seria redundância, a situação excepcional conferida ao biógrafo por sua qualidade de estrangeiro no ambiente americano. Parece-nos mais pertinente repisar que, dentre os fatos relatados por Marx, não há nenhum que não tenha sido admitido pelos historiadores favoráveis a Bolívar. E tem mais. Como o leitor há de ter percebido, Marx passou por cima de alguns episódios obscuros, cuja narração decerto teria alongado desmedidamente seu artigo. Se lançarmos mão de um livro que está ao alcance de todos e que foi composto com uma discreta intenção apologética, o *Bolívar* de José María Salavarría (Madri, Espasa Calpe, 1930), qualquer um de nós encontrará nele, com mais retórica e menos sobriedade, uma imagem do "Libertador" que, apesar do caráter postiço, não consegue dissimular esse outro rosto que Marx apresenta em sua água-forte indelével.

Fora da vida de Bolívar, narrada sem adjetivos, Marx só faz algumas referências escassas às idéias políticas do "Libertador". Mas as três de que dispomos são inestimáveis: a primeira, a propósito do Código Boliviano; a segunda, a respeito da atitude de Bolívar, no fim de 1826, em relação a Páez, ao Congresso e à Constituição; e a terceira, tendo por objeto o agitado Congresso do Panamá:

1) Do Código Boliviano, diz Marx que ele foi uma imitação do napoleônico e um motivo para "Bolívar [dar] livre curso a suas inclinações para o poder arbitrário".
2) A propósito da sublevação de Páez, Marx acusa Bolívar de tê-la instigado secretamente, com o desejo de abolir a Constituição e reassumir a ditadura.
3) Do Congresso do Panamá – ao qual compareceram não apenas delegados da América Latina, mas também dos Estados Unidos, e no qual se chegou a falar em unir "todos os países republicanos do mundo" – diz Marx, com igual franqueza, que, sob a aparência de um "novo código democrático internacional", o Libertador Bolívar se propunha converter a América inteira em "uma única república federativa, tendo nele próprio seu ditador".

Das três referências enunciadas surge, claríssima, a idéia que todo o artigo de Marx não faz mais do que corroborar: Bolívar foi um aristocrata que, por trás das palavras "Constituição", "Federalismo" e "Democracia Internacional", queria apenas conquistar a ditadura, "mesclando a força e a intriga". Separatista, sim; democrata, não.

É uma grande lástima que Marx não nos tenha deixado em poucas linhas um resumo do Código Boliviano e duas ou três palavras sobre o discurso de Bolívar no Congresso de Angostura, em 1818. Entre as muitas opiniões contraditórias expostas por Bolívar, esses dois testemunhos – aos quais se poderia acrescentar o "Memorial" dirigido aos cidadãos de Nova Granada – são, a meu ver, os que melhor correspondem a seu pensamento. Confirmam plenamente a opinião de Marx: uma "fraseologia pomposa", enciclopedística ou federalista, encobrindo a duras penas um despotismo aristocrático. Com desprezo pelas massas populares, "o Libertador" proibiu nas cátedras de Bogotá o ensino de Bentham, e impôs aos estudantes a obrigação de assistir por um ou dois anos a um curso de fundamentos e apologia da religião católica; ele não traía suas convicções mais íntimas. Para assegurar a "tranqüilidade dos povos" e defendê-la dos "sofismas dos ímpios", nada melhor, sem dúvida, do que a religião unida ao despotismo.

Mas, qual era a causa de tal ditadura? Marx não o diz, nem teria podido dizê-lo nas páginas da enciclopédia para a qual escrevia, "em parte por dinheiro". Nas primeiras linhas do artigo, porém, ele nos coloca na pista: adquire um relevo singular a oportuna referência às "famílias mantuanas" e à "nobreza crioula". Latifundiário, riquíssimo, proprietário de minas e escravos, Bolívar não só interpretou os interesses de sua classe, como também os defendeu contra a pequena burguesia liberal e as massas populares ainda inconscientes.

Apoiado pela Inglaterra, ainda por cima, tal como todos os demais revolucionários do continente, é difícil compreender como Bolívar poderia ter servido honradamente ao chamado "bolivarismo democrático e antiimperialista", e com que direito se podem ter desfilado retratos seus nas recentes manifestações de oposição em Caracas. Se Bolívar fosse vivo, com certeza não estaria entre os estudantes e operários. Não é à toa que as duas homenagens mais eloqüentes prestadas a sua memória levam a assinatura de dois déspotas: a do general Antonio Guzmán Blanco, que adquiriu oficialmente o Arquivo de O'Leary, e a do general Juan Vicente Gómez, que, com caráter análogo, ordenou a edição completa das cartas de Bolívar[13].

13 Apud Óscar Terán, "Aníbal Ponce: ¿El marxismo sin nación?", *Cuadernos de Pasado y Presente* (Buenos Aires, n. 25, 1983), pp. 224-7.

1ª **edição** junho de 2008 | **Diagramação** Megaart Design
**Fonte** Palatino | **Papel** Ofsete Alta Alvura
**Impressão e acabamento** Vida e Consciência Gráfica e Editora.